LA GRAMMAIRE EN S'AMUSANT

Né à Paris en 1946, journaliste cofondateur d'*Actuel*, Patrick Rambaud a publié une trentaine de livres, notamment des parodies littéraires qui ont connu un grand succès. Il a obtenu le Grand Prix du roman de l'Académie française et le prix Goncourt en 1997 pour *La Bataille*.

Paru dans Le Livre de Poche :

L'ABSENT

LA BATAILLE

LE CHAT BOTTÉ

CHRONIQUE DU RÈGNE DE NICOLAS Ier

COMME DES RATS

L'IDIOT DU VILLAGE

IL NEIGEAIT

PATRICK RAMBAUD

La grammaire en s'amusant

GRASSET

ISBN : 978-2-253-12575-4 – 1re publication LGF

Sommaire

À Tieu Hong,
Au jeune Alexandre,
À Michel Déon
qui m'a confié devant une menthe à l'eau :
« Saccager le langage, c'est désarmer l'homme,
l'isoler dans le chaos du monde… »

En guise de préface

Dieu que la grammaire est jolie !

Ce projet a une histoire. Tout a commencé à Rennes en novembre 1997, devant un amphithéâtre bondé : venus de toute la France, des élèves de cinquante lycées avaient désigné le Goncourt des lycéens. Sur la scène on avait planté deux Goncourt officiels, Erik Orsenna et moi, pour débattre sur la grammaire et son enseignement. Pourquoi les manuels scolaires dégoûtaient ces jeunes ? Pourquoi une langue affectée, pourquoi tant de préciosité et de graphiques idiots pour énoncer des principes simples ? On avait l'impression que les nouveaux grammairiens cherchaient à se valoriser au détriment des élèves, de leurs parents et de leurs maîtres exaspérés. Ce jour-là, donc, deux écrivains qui vivaient et travaillaient avec les mots ont lancé aux lycéens rassemblés : « Nous allons vous écrire une grammaire lisible ! C'est juré. »

Erik et moi sommes ensuite retournés à nos travaux, nous croisant de loin en loin. Il a tenu parole le premier, et traité le sujet sous forme de contes. Je lambinais. Dans mes déplacements de Perpignan à Lille, Dreux, Amiens, Besançon, j'ai bavardé avec des lectrices et des lecteurs, des libraires, quelques proviseurs, des instits, des profs de français, des lycéens, des parents. Ils me poussaient :

— Vous vous y mettez quand ?

— Revenez nous voir avec votre grammaire.

— Qu'est-ce que vous attendez ?

— Allez-y ! racontez-nous la vie des phrases !

Je devais tenir à mon tour la promesse de Rennes. Nous pouvons déchiffrer, gribouiller, ânonner, nous contenter d'un langage pénible et hésitant, mais dans la vie moderne, même pour se promener sur Internet, mieux vaut lire, écrire et parler clair. La grammaire n'est qu'un mode d'emploi qui évolue avec l'usage et le temps. Ce n'est pas une punition mais une nécessité, un droit, une chance et un jeu.

P. R.

Première leçon

Pourquoi la grammaire nous distingue du chimpanzé

Un matin de juillet, sur la côte normande, comme je feuilletais les devoirs de vacances d'un jeune homme de sept ans, je suis tombé droit sur les coussins indiens de mon canapé noir. Ces devoirs ressemblaient aux jeux primaires de la télévision, quand un animateur propose un éventail de réponses pour une question : « Le port de Marseille est au bord de la mer Noire, de la Méditerranée, de la Manche ou de l'Atlantique ? » Le candidat plisse le front, cherche une indication dans le regard flou de l'animateur, essaie de placer Marseille sur la carte de France, hésite, confond un moment avec Biarritz, doute, s'apprête à choisir au hasard mais il y a mille euros en jeu, alors il se lance : « Je vais prendre un joker… »

Avec les devoirs de vacances il n'y a pas de joker. « Il hisse le pavillon au sommet du chat, du plat ou du mât ? » Mon loustic n'a pas saisi la question, il a entouré au crayon un mot fautif : « Il hisse le pavillon au sommet du *plat.* » Voilà pourquoi je suis tombé sur les coussins du canapé. J'attends le garnement. Des pas sur le gravier : il revient de la plage, casquette de traviole, son ballon sous le bras. Mon air déconfit l'alerte :

Lui

Qu'est-ce que j'ai fait encore ?

Moi

Pas grand-chose.

Lui

Ben pourquoi t'es fâché ?

Moi

Je ne suis pas fâché, je suis consterné.

Lui

C'est quoi, gonsderné ?

Moi

Cons-ter-né ! Je suis triste et mélancolique, je suis affligé, terrassé, désolé, désemparé, tu me laisses étourdi, abattu, navré, anéanti, épouvanté, accablé, étonné, bref, tu as sept ans et tu m'affoles.

Lui

Oh ! ça va, ça va…

Moi

Non, ça ne va pas, mais pas du tout. Veux-tu me dire comment on peut hisser un pavillon sur un plat ?

Lui

J'en sais rien…

Moi

On hisse un pavillon au sommet d'un mât, jeune cornichon ! Tu sais ce que c'est, un mât ?

Lui

Une voile…

Moi

Je rêve ? Le bougre va me tuer ! On ne t'apprend rien à l'école ? Tu crois t'en tirer sans vocabulaire ?

Mon pauvret, on exige Bac + 2 pour vendre des gaufres.

Lui

M'en fiche.

Moi

Pas moi. Approche, je vais te confier un secret. Quand j'avais ton âge je détestais l'école. Les années cinquante étaient tristes, les gens s'habillaient sans couleurs, les enfants portaient des cravates. J'ai passé des années bouclé dans un collège de huit heures du matin à sept heures du soir ; même les jeux étaient obligatoires. Tout prisonnier a le devoir de s'évader. Comme la télévision existait à peine, nous nous échappions dans la lecture, et d'abord dans les bédés que nous achetions chaque jeudi : *Tintin* et *Spirou* et *L'Intrépide* nous livraient vingt feuilletons par semaine, nous connaissions Surcouf, Fanfan la Tulipe, la grande pyramide de Chéops, la vie des sauterelles et la guerre de Cent Ans, bref, nous apprenions une foule de choses en marge de l'école ; ces illustrés prolongeaient joyeusement nos cours et formaient notre mémoire ; ils servaient à transmettre. Il y avait pour nous une continuité entre Ramsès II et le président Vincent Auriol.

Aujourd'hui la mémoire est moribonde, les chiffres l'ont emporté sur les mots, les facultés ne vont bientôt plus fabriquer que des employés et ne transmettre que des techniques. Même la marchande de saucissons du marché de Trouville en est consciente ; elle disait à un client : « Les jeunes, y savent plus parler, plus écrire et pas compter… » Deux générations d'analphabètes te précèdent.

Lui

Les grands savent pas plus bien écrire que moi ?

Moi

Les grands ! Parlons-en, de ces godiches. Étudiants, ils écrivent comme ils parlent, c'est-à-dire mal, mais comme l'écriture est nécessaire *dans tous les métiers*, voilà que dans des grandes écoles, dans des universités de gestion ou de technologie, ils doivent maintenant combler leurs lacunes et subir des dictées comme des mômes. Des patrons se paient des leçons d'orthographe en cachette. Quant aux enfants, ils se voient le plus souvent livrés à des maîtres sous-payés, malmenés, exténués, qui ont l'obligation de suivre des programmes et d'utiliser des manuels concoctés par des cuistres. Infâme jargon ! Repoussoir ! Un hebdomadaire a publié une lettre du rectorat de Clermont-Ferrand aux professeurs de la région pour leur indiquer la façon de noter leurs élèves. Je n'y résiste pas et je te découpe une tranche de ce salmigondis officiel :

C'est un critère fondamental pour que la note mise en place puisse respirer dans le contexte éthique qui doit être le sien : celui de l'apprentissage de l'autonomie dans le cadre d'une intersubjectivité et non de la sanction pavlovienne des comportements. L'appropriation des exigences d'une régulation critériée du vivre ensemble est à ce prix…

Lui

Ça me casse ! C'est qu'du brouillard.

Moi

Du brouillard que j'aimerais dissiper en t'apprenant le français véritable.

Lui

M'en fiche, j'te dis. J'aime mieux les images.

Moi

Paltoquet de mon cœur ! Sans les mots, tes images n'existent pas.

Lui

Si. Suffit d'regarder.

Moi

Un tableau abstrait ou un film cochon, sans doute, mais c'est un peu court. Même à l'époque du cinéma muet il fallait placarder un texte entre deux scènes pour que les spectateurs suivent l'action. Dans la cour du Palais-Royal, à Paris, si on ne t'explique pas que les alignements de colonnes tronquées par Buren représentent une œuvre d'art, tu pourrais croire qu'il s'agit de sièges pour les touristes japonais. Je te propose un exercice…

Lui

La barbe !

Moi

Avec des images.

Lui

D'accord.

Je travaillais alors sur la propagande mise en place par Bonaparte. Le général avait compris la force des images. Il n'hésitait pas à commander des tableaux ou des dessins qui le flattaient : ainsi le voyait-on, drapeau au vent, franchir sous la mitraille un pont sur lequel il n'avait jamais fait trois pas ; ainsi des artistes aux ordres le figuraient au col du Saint-Bernard, en bel uniforme, cape au vent sur un cheval cabré, quand, emmitouflé, il chevauchait une mule dont les sabots dérapaient sur la neige. La représentation se substituait à la réalité pour se changer bientôt en vérité. Je collectionnais donc les images trafiquées, depuis le peintre David jusqu'à nos jours. J'en sortis une d'un dossier et la posai sous les yeux de mon affreux jojo. C'était une photo découpée dans un quotidien anglais.

Moi

Parle-moi de cette photo.

Lui

Fastoche. À gauche il y a un policier, avec son uniforme et une matraque. Il court après un gros chauve tout noir, en jeans, sûrement le voleur.

Moi

Eh bien non. La photo a été recadrée avant de passer dans le journal ; on en a coupé un morceau, on l'a dénaturée. À droite de l'image originelle figure un troisième homme qui détale. Le Noir est un inspecteur de Scotland Yard. Le policeman et lui courent *ensemble* après le voleur.

Lui

C'est d'la triche ! Tu m'as fait voir qu'un bout d'ta photo. Je pouvais pas trouver.

Moi

J'espérais t'enseigner la méfiance. Ce que tu vois et que tu interprètes risque bien d'être faux. Tu en avales sans cesse, des images, par giclées, par bordées, par rafales : tu n'as même pas le temps de les regarder, tu ne t'interroges jamais. Tiens, je te montre un autre cliché…

Lui

Là, je vois une file de monsieurs…

Moi

De messieurs.

Lui

Si tu veux. Ils attendent devant un magasin.

Moi

Qu'est-ce qu'ils attendent ?

Lui

J'en sais rien, moi.

Moi

Je prévoyais cette réponse. Tu n'en sais rien. Personne n'en sait rien. Qui sont-ils ? Pourquoi portent-ils des manteaux chic ? Aucune phrase ne te met sur la voie, et seuls les mots peuvent donner un sens à cette photo. Où ? quand ? qui ? pourquoi ? Une image brute et muette ne te le dira jamais.

Lui

Toi, dis-moi.

Moi

Cette photo a été publiée naguère dans *La Pravda*, un journal officiel de Moscou, avec le commentaire suivant : « À Paris, même les gens aisés se restreignent et les files s'allongent devant les magasins d'alimentation. »

Lui

Ah bon ? C'était ça ?

Moi

Non. Pour chanter les bonheurs du communisme, le journaliste russe voulait frapper ses compatriotes en soulignant la misère des pays occidentaux, or cette file était composée de bourgeois des beaux quartiers, la veille de Noël, qui allaient acheter du saumon de Norvège sublime et hors de prix, place de la Madeleine.

Lui

J'y crois plus, à tes mots, si c'est pour dire des bêtises !

Moi

Les mots obéissent à ceux qui savent les manier. Un menteur s'en servira pour mentir.

Lui

Je fais quoi, alors ?

Moi

Tu vas apprendre à te servir des mots, toi aussi, à t'exprimer avec le maximum de précision et de clarté. Tu verras, l'exercice est plutôt amusant.

Lui

Tout le monde me comprendra ?

Moi

Oui, dans la mesure où les gens auxquels tu parles acceptent d'écouter.

Lui

Hou là ! Compliqué, ton truc.

Moi

Non. La clarté est d'abord une politesse, et la politesse, j'en conviens, n'est pas à la mode, mais si le premier imbécile te décourage tu te prépares un avenir pénible. Beaucoup de gens parlent pour ne rien dire, pour se rassurer à plusieurs au son de leurs voix : « Il pleut, hein ? » dit le monsieur trempé qui a reçu l'averse. Il balance à la cantonade des mots de convenance ou de complicité qui ne servent à rien d'autre. Pour ma part, je crois que si l'on n'a rien à dire, mieux vaut se taire, et que nous parlons pour être entendus, ce qui est le but d'un langage bien articulé.

Lui

Si j'essaie et que ça marche pas ?

Moi

Tu recommences, tu recommences, tu recommences jusqu'à ce que tes phrases pénètrent les cervelles rétives, molles ou distraites. Je te donne un exemple. Pour me moquer des écrivains à falbalas, prétentieux, vides ou boursouflés, j'ai longtemps édité des parodies. Lorsqu'on m'interrogeait là-dessus, la plupart des gens disait : « Dans vos pastiches… » À chaque fois je rectifiais : le pastiche est un exercice d'admiration, Proust pastichait le style de Flaubert pour le saluer ; la parodie, à l'inverse, appartient à la critique, on imite un auteur pour souligner ses manies, le tourner en ridicule, faire rire à ses dépens. J'ai recommencé cent fois cette explication, persuadé que mes interlocuteurs finiraient par retenir la différence entre pastiche et parodie, mais non, à chaque fois, aussitôt après ma mise au point, ils demandaient : « Et vous allez écrire de nouveaux pastiches ? »

Lui

Trop fatigant, ça, de répéter pour rien les mêmes choses.

Moi

Petite nature ! La simplicité du langage relève d'un lent travail, au début du moins parce que ce travail devient une routine, puis un savoir-faire, puis une facilité, enfin un plaisir. La politesse, te dis-je ! La politesse ! Et d'abord vis-à-vis de ce que tu as dans la tête, bougre de mulet. La parole est une force que tu dois maîtriser. Dans les années soixante-dix du siècle passé, un militant très à gauche m'a tendu un brouillon de tract pour avoir mon avis. J'ai lu, j'ai corrigé deux phrases. Il avait l'air furibond : « Explique-toi politiquement. » Je lui ai répondu : « Mais j'ai simplement corrigé deux fautes de grammaire… » La grammaire est neutre. Elle est à notre service. Dans les mêmes années, j'ai rencontré un vieux monsieur à la fois sombre et guilleret, chez lui, dans une soupente de la rue de l'Odéon. Il s'appelait Cioran. Comme il écrivait un français impeccable, il tempêtait souvent contre le galimatias en vogue : « L'à-peu-près, l'ambiguïté, des phrases désarticulées, très bien, très bien, mais essayez de rédiger votre testament : vous verrez si la défunte rigueur est négligeable. »

Lui

Tu traduis ?

Moi

Mieux, je t'explique en mettant ces propos en situation. Imagine un vieil illettré richissime…

Lui

Même si on cause mal, même si on sait pas lire, on peut gagner beaucoup d'argent ?

Moi

Admettons que mon bonhomme ait gagné le gros lot à l'Euromillions. Ça te convient ? Il peut donc être fortuné et ignare. Il écrit comme un cochon, il ne sait pas aligner trois phrases cohérentes, et quand il veut rédiger son testament, pour répartir ses biens, comment va-t-il faire ? Qui va l'aider, qui va l'influencer ? S'il rédige seul cet acte, il va créer la pagaille, des disputes sans fin, des haines. Chacun va interpréter à son avantage. Il y aura des procès autour du butin. Le notaire qui va décacheter le document n'y comprendra goutte.

Lui

Comme moi. Pas une goutte, je comprends.

Moi

D'accord. L'exemple du testament n'est pas de ton âge. Imaginons une situation à ta portée. Un soir, tu rentres chez toi. Sur le palier tu sors ta clef mais, au moment de l'introduire dans la serrure, tu t'aperçois que celle-ci a été forcée. Impossible d'ouvrir. Tu te dépêches auprès d'un serrurier, tu reviens avec lui; d'un coup, avec ses outils, l'artisan ouvre ta porte. Dans l'appartement, un vrai chambard : tout a été retourné, les armoires vidées sur le parquet, les tiroirs ouverts. Il faut que tu fasses l'inventaire de ce qui t'a été volé avant de porter plainte au commissariat. Malgré ton accablement, ta déposition devra être limpide et complète, si tu veux que l'assurance te rembourse au moins la porte. Grogner ou s'indigner ne remplaceront jamais un récit détaillé de ta mésaventure : encore faut-il que tu en sois capable.

Lui

J'ai pas dit que j'voulais pas bien parler.

Moi

Parfait. Je vais donc t'enseigner les rudiments de la grammaire.

Lui

Connais pas.

Moi

Je m'en doute mais tant mieux, au moins tu feras une découverte. La grammaire, mon coco, c'est ce qui nous distingue du chimpanzé.

Lui

Là, y viennent faire quoi, les singes ?

Moi

Leur façon de communiquer reste élémentaire : des gestes, des cris, une bousculade pour manger ou se chercher des poux. En laboratoire, je le sais, on les pousse à leurs limites. On a vu des femelles macaques se servir d'un ordinateur, au centre médical Duke, en Caroline du Nord.

Lui

Comme moi, alors ?

Moi

Eh oui, comme toi avec tes jeux électroniques. J'aimerais maintenant que tu dépasses ce stade.

Lui

Si ça t'amuse, on peut essayer...

Moi

Alors laisse-moi t'embarquer dans les mots. La grammaire, tu sais, n'est que le mode d'emploi de notre langue, mais comment se débrouiller sans lui ? Ton père a monté une armoire dans ta chambre, l'autre dimanche : il y est parvenu sans trop de difficultés parce qu'il suivait la notice livrée avec les planches et le matériel, une méthode pour visser les étagères, placer les charnières, ajuster les tiroirs. Pareillement, la grammaire t'explique l'art de lire et d'écrire, elle te donne l'ensemble des règles qui décrivent les meilleures manières de se servir des sons, des lettres, des mots et des phrases, comment les agencer, comment les visser ensemble. En vérité, la grammaire est ce qui manque aux chimpanzés pour comprendre ce qui les entoure. Nous avons 98 % de gènes communs avec ces animaux. Intéressons-nous aux 2 % qui nous éloignent d'eux. Maintenant installe-toi comme au spectacle, chenapan, et tiens-toi tranquille : je vais te raconter les aventures de la grammaire.

Résumé

- En trente ans, le charabia s'est généralisé jusque dans les manuels scolaires, ce qui a créé des générations d'illettrés.
- Il faut savoir que, sans les mots, les images n'existent pas : elles n'ont aucun sens par elles-mêmes.
- Pour être compris, mieux vaut s'exprimer avec précision et clarté : voilà ce qu'enseigne la grammaire.
- La grammaire est le mode d'emploi de notre langue.

Deuxième leçon

Comment la bande dessinée a précédé l'alphabet

Moi

La grammaire se divise en trois parties distinctes mais qui s'enchaînent. La *phonétique* s'intéresse aux sons, à la manière de les combiner et de les transcrire ; ensuite la *morphologie* étudie les mots et leurs existences aventureuses ; enfin la *syntaxe* réglemente les phrases et permet d'exprimer avec exactitude et harmonie ce que tu ressens ou ce que tu as choisi de dire. Commençons par la phonétique : au début il y a les sons…

Lui

Les bruits, quoi, les voix ?

Moi

Les grognements, les raclements de gorge, les glapissements, les gémissements, les cris, tous ces bruits qui soulignent un sentiment simple ou un ordre, un peu comme chez les animaux ; nos lointains ancêtres des cavernes ne parlaient pas autrement, ils ressemblaient aux rats qui disposent de douze ultrasons pour signifier la colère, la douleur, l'envie, la peur… Toi aussi, avant de parler avec nos mots, tu gazouillais, hurlais, râlais, pleurais, trépignais pour te faire entendre, et tu piquais des crises quand on ne savait pas traduire tes braillements, tu prenais un bâton, tu tapais partout et très fort, tu avais envie de casser pour qu'on te considère. De la même façon, limités dans leur expression, nos ancêtres étaient brutaux.

Lui

Ils se tapaient dessus comme Tom et Jerry ?

Moi

Dans ton dessin animé c'est pour te faire rire, mais la violence est un langage réservé aux idiots, et les hommes des cavernes n'étaient pas très futés. Ils commencent par inventer des armes et tuent pour vivre. Chaque jour ils partent chasser parce qu'ils ne savent pas conserver le gibier, ou n'en voient pas la nécessité puisqu'ils vivent au présent. Ils n'ont pas de mémoire et pas d'avenir. Ils dorment, ils chassent, ils mangent, ils se reproduisent par instinct mais ne connaissent pas encore les mots. Ils crient et ils se battent pour se faire entendre.

Lui

J'ai vu une fois à la télé qu'ils parlaient avec plein de gestes, comme nous à la récré quand y a trop de boucan dans la cour.

Moi

Les gestes aussi s'enseignent. À cause de leurs mille dialectes, les Indiens d'Amérique communiquaient entre tribus par gestes mais ça ne leur suffisait pas. Un Arapaho épouse une Sioux, ils ignorent leurs sabirs respectifs, alors ils grimacent et remuent les mains pour parler, mais dans la nuit, loin du feu, quand ils ne voient rien ?

Lui

On est pas toujours dans le noir ! Si j'ai soif, je fais semblant de prendre un verre et de boire pour qu'on sait ce que j'veux…

Moi

Parce que tu mimes ta question. Tu peux également te renfrogner devant une assiette de carottes pour montrer que tu as ce légume en horreur. Ce n'est pas toujours possible ; seras-tu compris partout ? En faisant les cornes avec leurs doigts, les Cheyennes symbolisent leur bétail, comme les aborigènes d'Australie ou les hindous, mais ailleurs ? « Hou les cornes ! » font les collégiens qui se moquent. À Calcutta, si tu secoues la tête pour dire *non* cela voudra dire *oui*, et vice versa. Avec mon index je me tire la paupière inférieure, comme ça : qu'est-ce que tu comprends ?

Lui

Je comprends : « Mon œil ! »

Moi

Exact. Cela symbolise le fait que tu n'es pas dupe : « Mon œil ! Je ne crois pas un mot de ce que vous me racontez, faudrait pas me prendre pour un débile. »

Lui

Oui c'est ça, enfin quoi, c'est comme ça avec les copains.

Moi

En Italie, le même geste se traduit autrement : « Ouvrez l'œil, méfiez-vous. » Dans le premier cas tu exprimes un doute, dans le second un avertissement. Encore un exemple. Mets ta main paume vers le ciel, voilà, maintenant referme les doigts en cône, pointé vers le haut. En Turquie cela signifie *bien*, en Espagne *beaucoup de*, et, selon les mouvements de la main ainsi fermée, indique la prudence en Tunisie, la moquerie à Malte, l'impatience en Italie et la peur chez nous : « J'ai les chocottes ! »

Lui

Alors les ancêtres ils savaient pas non plus causer avec les mains ?

Moi

Regarde ces monstres d'où nous venons : costauds, trapus, couverts de poils et bas du front, ils dévorent de l'ours cru et de la volaille mal plumée ; ils vont mettre des siècles à devenir moins sots. D'abord ils observent la nature dangereuse. Un jour, la lave d'un volcan ou la foudre enflamment une broussaille, ils découvrent que le feu éclaire et chauffe, et ils le gardent pieusement, veillent sur lui, l'alimentent avec du bois et de la graisse, parviennent à le maîtriser, inventent la lampe et la cuisson. Ils écoutent aussi les animaux, le bavardage des oiseaux, les hurlements, les bruits sans nombre de la forêt. Ils se tapent la poitrine comme des gorilles pour s'affirmer plus fort et dire la première fois *je* et *moi*. Ils montrent bientôt du doigt les directions, imitent la réalité pour la décrire avec des interjections et des gestes. Ils balbutient, ronronnent comme les félins pour avertir de l'approche d'un chat sauvage, sifflent comme les serpents, murmurent comme des feuilles, finissent par imaginer des mots pour nommer ce qui les entoure. Les Tecunas du Brésil disaient *haitchu* pour *éternuer*…

Lui

Comme *atchoum !*

Moi

Eh oui, avec des sons ils reproduisaient des faits.

Lui

Ouais, y disaient pas grand-chose…

Moi

À l'origine peut-être, mais les noms associés aux choses se multiplient avec le temps. Dans leurs tribus primitives, les hommes arrivent à se comprendre mieux. Ils nomment d'abord les objets dont ils se servent et les actions qu'ils entreprennent, ils nomment les dangers, les bêtes et les arbres, puis ils transmettent ces mots de génération en génération pour simplifier la vie de leurs enfants. Ils transmettent leurs pratiques, leurs habitudes, un mode de vie. Dans ce premier langage, les gestes appuient, soulignent et renforcent les mots, isolés, qui sont encore loin de former des phrases cohérentes. On se croirait dans *Tarzan l'homme singe* que tu as vu l'autre soir à la télé. Ce grand benêt se tape sur la poitrine et sur celle de la pin-up qu'il a sauvée des périls de la jungle : « Moi Tarzan, toi Jane. »

Lui

Et ça a duré longtemps comme ça ?

Moi

Des dizaines de milliers d'années. Les progrès du langage vont de pair avec ceux de la technique. Les hommes utilisent ce qu'ils ont sous la main pour façonner des armes et des outils, pierres, branches, os, et ils fabriquent des pieux, des flèches, des marteaux, des haches, des épingles pour attacher les peaux de bêtes dont ils s'enveloppent. Ils ont maintenant de nombreux mots pour exprimer la diversité de leurs actes, en obéissant à des conventions fixées par la tribu, puis par le village quand ces nomades deviennent des paysans : ils capturent, apprivoisent et domestiquent les animaux, ils cultivent la terre avec des charrues au soc en bois, commencent à prévoir les hivers rigoureux, entassent des grains et de la viande fumée ; ils se civilisent, c'est-à-dire qu'ils décident de vivre ensemble sans trop de heurts en utilisant les compétences de chacun. Les noms abstraits apparaissent à ce moment, traduisent des émotions, des sentiments, réglementent les rapports de forces, se changent en formules magiques parce qu'il faut bien remercier la nature de ce qu'elle donne. Alors ils codifient les mots pour qu'ils puissent voyager dans l'espace et dans le temps, pour communiquer avec les autres peuplades, échanger des marchandises : « Je t'offre un bœuf contre un cheval. » Le commerce s'invente par le troc, et l'écriture va en sortir.

Lui

Il y a longtemps avant moi ?

Moi

Plus de cinq mille ans, mon coco.

Lui

C'est trop loin !

Moi

Les premiers signes apparaissent sur les poteries, tracés sans doute avec l'ongle sur l'argile humide.

Le fabricant entend de la sorte signer son travail, en marquer la valeur, orner son pot pour qu'il ne ressemble pas aux autres. Ces ornements vont vite se transformer en symboles commerciaux pour indiquer la provenance ou la quantité.

Lui

Tout d'un coup y se sont mis à écrire comme nous sur des feuilles ?

Moi

Pas vraiment, pas encore, mais cette première forme d'écriture permet aux hommes de se parler à distance, avec des dessins gravés au stylet pointu sur des tablettes d'argile qu'ils durcissent en les cuisant. Dans les ruines ensablées d'un palais d'il y a vingt-sept siècles, on a découvert près de trente mille de ces tablettes : elles avaient résisté aux intempéries et au temps qui passe.

Lui

Ça ressemblait à des bédés ?

Moi

Pourquoi pas ? La bande dessinée a précédé l'alphabet, même si le propos était utilitaire : des contrats, des actes de mariage, des documents officiels, des livres de comptes, mais également des prières, des règlements de cérémonies… Ces dessins, à force d'être répétés et recopiés, se sont stylisés pour se transformer en symboles, comme les panneaux qui te préviennent au bord des routes d'un dos-d'âne, d'une éventuelle chute de pierres ou d'un virage dangereux. Ce sont des dessins simplifiés à l'extrême. De cette façon l'homme a consigné des choses et des faits, et ensuite, au fil du temps, des sons.

Lui

Et on a les lettres de l'alphabet que j'ai appris à l'école.

Moi

Non, jeune impatient, pas des lettres, des syllabes.

Lui

Des silabes…

Moi

C'est un groupe de lettres qu'on prononce d'une seule émission de voix, d'un seul ton, dans un seul souffle. Si je dis *imbécile*, combien y a-t-il de syllabes ?

Lui

Sais pas. Une ?

Moi

Trois, petit misérable qui n'écoutes pas. Trois : im-bé-cile. Donc, les caractères gravés sur les tablettes ne représentaient plus des choses mais des sons, et, combinés, ces sons formaient des mots. Tu me suis ?

Lui

D'accord.

Moi

Le problème du support demeurait : les tablettes, si résistantes, prenaient beaucoup de place si on voulait les conserver comme une preuve, ou le témoignage d'une transaction. Les Égyptiens ont alors inventé le papyrus. C'est une plante qui pousse au bord du Nil, dont on coupait la tige en bandes ; on croisait ces bandes, on les laissait sécher au soleil et on obtenait un papier très solide : des rouleaux de papyrus couverts de signes sont encore lisibles au bout de cinq mille ans. On écrivait avec des roseaux taillés en pinceaux, qu'on trempait dans une encre composée de suie, d'eau et de gommes végétales.

Lui

Tout le monde il écrivait pareil ?

Moi

Non. Les Chinois traçaient leurs caractères sur de la soie ou du bambou, les Grecs, plus tard, écriront sur de l'écorce ou sur des planchettes de bois badigeonnées de cire, plus tard encore sur des peaux de chèvre.

Lui

Y avait pas d'papier ?

Moi

Le papier tel que nous le connaissons a été inventé dans les premières années du IIe siècle, en Chine, où l'on mélangeait de l'écorce, du chanvre et des filets de pêche, puis, quelques décennies après, avec du chiffon. Ce n'est qu'au VIIIe siècle que les Chinois apprennent leur technique aux Arabes, qui vont mettre huit autres siècles avant de la divulguer en Europe…

Lui

Et l'alphabet que j'ai appris, là-dedans tu l'oublies ?

Moi

Il s'ébauche en Perse et comporte quarante-deux caractères que l'on peut marier, mais attention, ces signes représentent des syllabes et non des lettres. Il arrive en Syrie près de la mer, les Phéniciens s'en emparent : grands voyageurs, marchands, nos Libanais d'aujourd'hui, enfin, leurs ancêtres, emportent cette invention magique en Crète, puis en Grèce où apparaît un système de caractères qui ressemble à notre alphabet familier.

Lui

C'est pas trop tôt !

Moi

Le voyage n'est pas terminé, petit impétueux. Les Grecs usaient d'un dialecte commun, du nord au sud de leur pays, et ils adoptent aussitôt cet alphabet si commode que leur apportent les marchands phéniciens, avant de l'améliorer…

Lui

Ils rajoutent des lettres à eux ?

Moi

Mieux : ils imaginent les voyelles.

Lui

Là je sais : a, e, i, o, u…

Moi

Bien. Les voyelles vont permettre à chaque lettre de jouer sa partition en s'alliant par couples ou par groupes, comme les instruments d'un orchestre s'associent pour créer une mélodie, comme les couleurs d'un tableau, vives ou sombres, se juxtaposent ou se mélangent pour rendre mille nuances. Les Romains utilisent à leur tour cet alphabet enrichi, pour traduire la voix et former des mots. Indispensable comme l'air et l'eau, l'alphabet est une trouvaille de génie, il a changé nos vies comme la roue, le système métrique ou la puce électronique.

Lui

On peut plus s'en passer, quoi.

Moi

On peut mais on devient vite une courge.

Lui

Ah non ! Pas une courge ! J'aime pas ça, la courge. J'en ai mangé chez mamy et j'aime pas le goût.

Moi

Oublions cet aparté culinaire, s'il te plaît, et poursuivons l'histoire des lettres. En classe, tu as dû enregistrer qu'elles se rangent en deux espèces : les voyelles et les consonnes. Pourquoi ces noms ?

Lui

Euh… elles sont pas pareilles…

Moi

Misère ! Je te livre une combine, loupiot distrait : il suffit de lire les mots pour en saisir le sens. C'est le cas, ici. Dans voyelle il y a voix ; les voyelles rendent des sons purs et complets qui se suffisent à eux-mêmes. A se prononce A en vertu d'une convention qui ne te pose aucun problème. À l'inverse, les consonnes ont besoin des voyelles, qu'elles font sonner pour exister.

Lui

Comment ça ?

Moi

Prends une consonne, n'importe laquelle, la lettre P. Comment la prononces-tu ?

Lui

Pé…

Moi

Voilà ce que je voulais te démontrer : tu associes une voyelle à ta consonne pour pouvoir la dire.

Lui

J'aurais pu dire Pe ?

Moi

Tu aurais pu, sans doute ; tu ne l'as pas fait, mais là encore tu as collé une voyelle à la consonne. Tu as dit machinalement *pé*, par imitation, parce que c'est l'usage de prononcer ainsi, comme la lettre m se dit à haute voix *èm*. Tu as repéré les différents accents ?

Lui

Pas trop…

Moi

Indispensables, les accents ! Une fois encore le nom indique le sens. L'accent sert à moduler la voix en accentuant les voyelles, de l'aigu au grave. En français nous n'en avons pas une ribambelle, mais songe qu'en vietnamien il y en a sept pòur aider la voix à monter ou à descendre sur chaque lettre, s'étaler, insister, chanter les mots. Nous possédons tout de même l'accent aigu, le grave, le circonflexe et j'y ajoute le tréma. Ainsi é se lit *et*, è se lit *haie* ; les lettres s'apparentent à des notes et l'alphabet à une gamme sur laquelle tu vas jouer.

Lui

C'est quoi, le tréma ?

Moi

Deux points au-dessus d'une voyelle. Il change le sens d'un mot avec la seule prononciation, en insistant sur l'autonomie de la lettre. Mais se dit *mè* ; si tu poses un tréma sur le i, pour le souligner, pour l'isoler, tu obtiens maïs qui se dit *mahisse*.

Lui

Et l'autre qu'on dirait un chapeau ?

Moi

L'accent circonflexe est un cousin de l'accent grave, qui se prononce de la même façon, sans doute un peu plus allongé. Il remplace presque toujours une lettre de l'ancien mot qui a disparu.

Lui

Quel ancien mot ?

Moi

Dans la prochaine leçon je t'expliquerai la vie des mots, parce que au cours des âges ils se modifient. Autrefois on disait *hostel*, le s a disparu de nos prononciations, remplacé illico par l'accent circonflexe : *hôtel*. Idem pour *forest* qui devient *forêt*, ou le *nostre*, le *nôtre*. Ainsi *bâton* vient de *baston*, et cette forme oubliée ressuscite dans l'argot des banlieues, féminisé : les loulous disent *la baston* pour la bagarre.

Lui

Okay, c'est rigolo. Les lettres jouent un rôle comme les acteurs du cinéma.

Moi

Il y a de ça. Et leur rôle peut changer. Méfie-toi quand même du y, une lettre ambiguë, à la fois voyelle et demi-consonne selon sa place dans le mot. Elle est voyelle dans *martyr* et se lit comme un simple i ; plutôt consonne avec d'autres voyelles, comme dans *yaourt* ou *yoga*.

Lui

Ça se complique…

Moi

Pour commencer, pour que tu aies le goût des mots et des phrases solidement cousues, je ne veux pas te farcir le crâne avec des définitions barbares, et je range de côté les termes trop techniques, les diphtongues, les palatales, les labiales, les dentales…

Lui

Dentales, c'est avec les dents ?

Moi

Tu as deviné. Il s'agit des lettres comme le t, le d ou le s qu'on prononce avec la langue appuyée contre les dents. Arrête tes grimaces ! Tu n'as pas besoin de ces précisions pour parler, tu n'as pas besoin de penser à tes dents et à ta langue quand tu dis une phrase, sinon tu vas t'étrangler. Contente-toi des fondements que je te propose. La pratique et l'usage t'apprendront tout cela, avec le temps et sans effort. Je vais maintenant te dévoiler la vie privée des mots.

Résumé

- La grammaire se propose d’étudier les sons et les lettres qui les traduisent, puis la manière de combiner ces lettres en mots et ces mots en phrases.
- Les gestes ne servent qu’à souligner des phrases ou des mots qu’on n’a pas appris à manier.
- Nos ancêtres inventent des sons pour *nommer* ce qui les entoure, puis les transcrivent en dessins. Ces dessins, stylisés, vont aboutir au cours des siècles à notre alphabet.
- L’alphabet est cette gamme de sons qui nous permet de tout dire.

Troisième leçon

Les mots sont des gens comme vous et moi

Moi

Les hommes ont créé les mots à leur image : familiers des régions où ils circulent, ils vivent et palpitent comme de véritables individus. Les mots naissent, grandissent, s'installent, se marient, s'encanaillent, se déguisent, évoluent, s'affadissent parfois, dorment et se réveillent en changeant de mine, perdent de leur pouvoir, voyagent, se fatiguent, meurent. Il y en a qui s'exilent et s'intègrent à une autre langue ; quelques-uns reviennent, plus riches ou déformés, mais ils s'assimilent à nouveau comme ces mots immigrés que nous hébergeons.

Lui

Facile de dire ça, tiens ! Comment c'est possible, des mots qui s'exilent ?

Moi

Les mots vont et viennent avec les gens. Des voyageurs, des guerriers, des marchands leur permettent de passer les frontières. En Europe, nous n'avons pas ramené d'Orient que des épices et des soieries, mais aussi des noms comme algèbre, élixir, almanach, goudron. À la faveur d'une guerre ancienne, les Allemands nous ont pris des termes militaires comme garnison ou parade, mais ils nous ont donné bivouac. À la Renaissance nous avons agrégé des mots italiens : belvédère, cantate… Les Espagnols nous ont offert camarade et cigare. Thé arrive d'Asie et tabac d'Amérique. Les Anglais nous ont emprunté *comedy, society, omelet*…

Les mots étrangers débarquent chez nous du monde entier, nous les adoptons ou ne les gardons que le temps d'un caprice. Certains vivent avec un autre sens qu'à l'origine, comme divan. Ce siège long et confortable, sans bras, sur lequel on s'étend pour flemmarder, il n'a pas toujours été un meuble. En Perse *diwân* désignait un registre, une liste. Les Arabes le capturent et le modifient, le registre devient le bureau où l'on établit des listes. Les Turcs l'emploient bientôt dans ce sens, puis les Italiens s'en emparent, et *divano* devient « salle de conseil garnie de coussins ». Nous n'avons finalement gardé que les coussins et le meuble… Les fayots, tu as déjà entendu ce mot, j'en suis certain…

Lui

Ouais ouais. En classe : Robert est fayot pac'qu'il est toujours au premier rang et veut s'faire bien voir…

Moi

À la cantine tu as dû manger des fayots, ces haricots secs. Au départ c'est un mot provençal, *faiol*, qui arrive du bas-latin *fasiolus*. Quand les marins embarquaient pour une longue traversée ils en emportaient beaucoup : ces légumes se conservaient bien, et ils en mangeaient à tous les repas. Le mot finit par désigner le marin qui fait du zèle pour avoir une plus grosse ration, le lèche-bottes…

Lui

T'as d'autres histoires comme ça ?

Moi

Par centaines, puisque chaque mot a sa vie. Tiens, il y a quatre siècles, quand on voulait séduire une jeune fille en la couvrant de fleurs, on appelait cela conter fleurette ou fleureter. J'imagine un Londonien amoureux qui prend le bateau à Calais pour rentrer chez lui. Il emporte cette expression dans un coin de sa tête et la lance en Angleterre. À la longue elle se transforme en flirt et flirter, puis retourne en France sous ce visage britannique, avant d'être adoptée pour traduire le verbe courtiser. Elle va même représenter les années soixante dans une chanson célèbre, elle va se démoder, revenir de temps en temps au gré des nostalgies. Certains savants prétendent que c'est le flirt anglais qui a modifié notre conter fleurette, lequel signifiait à ses débuts « voler de fleur en fleur », mais qu'importe : les mots voyagent, voilà ce que tu dois retenir.

Lui

La maîtresse elle aime pas les mots anglais, qu'elle nous a dit.

Moi

Ça ne l'empêche pas d'en employer, mais dans le fond elle n'a pas tort : pourquoi chercher dans une autre langue des noms que nous possédons déjà ?

Lui

Pourquoi ?

Moi

Par snobisme. Aujourd'hui on emploie souvent *opportunité*, qu'on croit fabriqué sur un modèle anglais, *opportunity*. « Je vais profiter de cette opportunité », c'est-à-dire de cette occasion ou de cette chance. Un mot anglais remplace donc deux mots français plus nuancés.

Lui

Opportunité, ça existait pas chez nous ?

Moi

Si, et depuis des siècles, mais il veut dire autre chose. L'« opportunité d'une démarche », c'est une démarche qui vient à propos, au bon moment ; d'ailleurs les Anglais ont dans ce cas un autre mot qu'*opportunity* : *timeliness*…

Lui

Quelle salade !

Moi

Je veux seulement t'expliquer que pour suivre une mode, on adopte des noms anglais en leur donnant un autre sens. Ta maîtresse condamne en fait ces mots qui se promènent, changent au gré des modes et appauvrissent notre vocabulaire.

Lui

Football y remplace quoi en français ?

Moi

Rien. Il y a des cas particuliers. C'est un nom de jeu ou de sport qui n'a pas d'exact équivalent chez nous, mais en Espagne, où l'on assimile mieux les corps étrangers, on l'écrit *fútbol*.

Lui

Okay, ça marche pour les sports, comme tennis, quoi.

Moi

Ne généralise pas avec tant de hâte. Tennis a fait des séjours de part et d'autre de la Manche avant de trouver sa forme définitive.

Lui

Tu m'racontes le voyage ?

Moi

Au début du XVe siècle, en France, on pratiquait le jeu de paume ; quand ils se renvoyaient la balle avec la main, les joueurs criaient : « Tenez ! Attrapez si vous pouvez ! » Chez les Anglais, *tenez* s'est transformé en *tenneïs*, puis *tennis*. À ce propos, il arrive qu'on invente de faux mots anglais pour faire chic, comme *tennisman*, composé chez nous sur le modèle de *sportsman*, sportif, mais qui n'existe pas chez les Britanniques. Nous avons toujours une vieille envie d'utiliser des mots anglais, mais avant la guerre de Cent Ans nous étions bilingues... Dans les magazines féminins ou branchés on parle des *fashion victims* pour les victimes de la mode, qui se ruinent en panoplies éphémères, mais au XIXe siècle le mot était déjà courant : Alexandre Dumas, dans son *Capitaine Pamphile*, écrit « cette absence de fashion »... Le vocabulaire, vois-tu, obéit aux modes.

Par négligence nous employons les mots anglais comme ils viennent, mais pas toujours : rosbif n'est autre que le *roast-beef*, et redingote une adaptation de *riding-coat*, un vêtement de cavalier. Dans d'autres pays, où le français est plus inventif, on n'hésite pas à créer des équivalents jolis, imagés, drôles, forts. Tu portes des shorts ?

Lui

Ben oui, pour jouer au foot.

Moi

En Suisse tu porterais des cuissettes. Et si tu demandes un sandwich au Sénégal on te servira un pain chargé. Le hot dog devient chien chaud au Québec, et le hamburger un hambourgeois. Au

Bénin, un homme de grande taille est un digaule, par allusion aux deux mètres du général de Gaulle… Et tabouret ? À la Réunion c'est un bois de cul.

Lui

Alors on peut inventer des mots ?

Moi

On doit en inventer. D'ailleurs, chacune de nos régions en invente. Dans le Jura, le fanfaron est un fend-l'air. En Savoie la panosse est un torchon. En langue occitane il y a au moins dix mots pour nommer une marmite, selon sa forme, sa taille ou sa fonction : le bassino en cuivre sert aux confitures, l'oula en fonte au pot-au-feu, le toupinol au café… Quand j'ai écrit un roman sur la retraite de Russie, j'étais bien embêté d'avoir un seul mot pour neige ; on m'a affirmé qu'au Japon il y en avait une soixantaine.

Et puis les événements jouent un rôle. Sous la Révolution française la parole était essentielle ; nous avons gardé des dizaines de mots surgis à cette période, comme : À bas ! agitateur, anarchiste, coloniser, démagogie, fraterniser, fuite des capitaux, jury, kilogramme, militer, terrorisme… Les notions de droite et de gauche appliquées à la politique apparaissent deux mois avant la prise de la Bastille, à Versailles, dans la salle des Menus-Plaisirs. Les représentants du peuple, de la noblesse et du clergé se disputent. Pour voter et se départager, les partisans de l'Église et du roi s'assoient à la droite du président de séance, les autres à sa gauche.

Lui

Moi aussi je peux inventer des mots ?

Moi

Tous les enfants inventent des mots, et même des langages qui les protègent des adultes. Dans un livre de souvenirs, *Le Temps des amours*, Marcel Pagnol décrit des élèves de sixième qui s'envoient des messages codés que le professeur, s'il les confisque, ne comprendra jamais. C'était une écriture secrète « composée de roues, de triangles, de chiffres, de lettres couchées, de points d'interrogation et de différents signes serpentiformes… ». Les mots, de la même façon, il a bien fallu qu'ils naissent, que quelqu'un les formule et que ses voisins les adoptent avant de les répandre. Tiens, *corbillard*…

Lui

C'est pour aller au cimetière.

Moi

Oui. Le fourgon noir qui transporte le cercueil. Pourquoi ce nom bizarre ? Il y a bien longtemps nous naviguions sur la Seine ; des coches d'eau amenaient à Paris les voyageurs de Nantes, d'Auxerre, de Corbeil. Ce dernier bateau était très lent et on le surnommait le corbillard, à cause de sa provenance. Bref, il avait l'allure calme du char des morts, alors traîné par des chevaux, que la famille et les amis suivaient au pas. Par analogie avec le bateau lambin, ce fourgon fut affublé du sobriquet qui est devenu son nom. Et c'est le préfet Poubelle qui a donné son nom aux poubelles que la gardienne sort tous les soirs.

Lui

Quand on a un nom, on le garde, quoi ?

Moi

Non. Je te le disais au début de cette leçon : les mots évoluent, grossissent, tombent malades, se dévaluent. Au début, quelque chose de *formidable* était *redoutable*, puis le sens s'est affadi, la frayeur a été gommée, formidable s'est mis à signifier *extraordinaire* ou *superbe* : « Il a prononcé un formidable discours. » Il y a aussi des mots estropiés. Si je te dis : « À la vue de cet affreux accident, Paméla est tombée dans les pommes… »

Lui

Mon copain Billal il est douillet et quand l'infirmière elle nous a fait le vaccin il a tourné de l'œil devant l'aiguille, et les autres ils ont dit qu'il était tombé dans les pommes.

Moi

C'est le fait de s'évanouir, soit, mais que fichent donc ces pommes sur lesquelles on tombe ?

Lui

P't'être qu'en Normandie un monsieur a pris un jour une pomme sur la tête et qu'il est tombé sur les autres en tas au pied de l'arbre pour faire la compote…

Moi

Pas un instant. On disait autrefois « tomber en pâmoison ». Se pâmer avait le sens de défaillir. Les gens se sont mis à dire « tomber dans les pâmes », puis, par déformation populaire, « tomber dans les pommes ».

Lui

Les mots ils sont toujours abîmés comme ça ?

Moi

Pas toujours mais fréquemment. *Vilain* a une longue histoire plutôt bousculée.

Lui

Je sais : quand papy Jean-Paul il a vu mon petit cousin qui était né tout juste, et qu'il était rouge et plissé et qu'il pleurait, et qu'il ressemblait à un très très vieux monsieur, il a dit « Qu'il est vilain », mais tout bas, et j'ai entendu.

Moi

Ça veut dire « qu'il est moche », mais ce n'est que le dernier visage peu reluisant de ce mot. Il faut que tu saches tout de son apparition dans l'Italie antique, comment il a grandi, comment il s'est déguisé, combien il a signifié de choses et d'états différents. À l'origine il est latin. Le latin, c'est la langue des Romains, très ancienne, dont procède la nôtre.

Lui

Ça m'gave ! Trop vieux.

Moi

Arrête de me couper la parole, indigne marmouset ! Chaque chose en son temps. Vilain vient de *villa*, d'abord la ville avant, étrangement, la maison de plaisance à l'écart de la ville, en pleine cambrousse, d'où *villanus* pour habitant de la campagne, homme des champs. Au Moyen Âge, le paysan travaillait la terre pour un seigneur…

Lui

Celui du château fort, j'ai appris et j'ai même dessiné plein de châteaux forts.

Moi

Voilà : le vilain est le contraire du noble seigneur, il loge dans des masures, avale sa soupe aux fèves quand il peut et dort avec ses bêtes, et là tout se dégrade, vilain signifie affreux, sale et méchant, et par la suite malhonnête, immoral (« il a de vilaines pensées »), le vilain est un grossier, une brute, et le mot va désigner tout ce qui est moche, tarte, tristounet ou désagréable : « Il fait un vilain temps », « Les députés portent de vilains costumes gris souris ». Enfin, une expression s'en sert pour remplacer bagarre : « Il va y avoir du vilain à la sortie du match. »

Lui

Y sert à rien, ton latin. Total dépassé. On dirait comme de la pâte à modeler, qu'on en ferait n'importe quoi en le tripotant.

Moi

Gravissime erreur. Le latin a bâti les fondations de notre langue, et il reste bougrement vivace. Le monde des affaires et la publicité l'estiment international et pratique. Il triomphe dans le nom des marques. Pour dormir malgré le bruit extérieur, que fais-tu ?

Lui

Je ferme la fenêtre, tiens.

Moi

Tu te fourres dans le tuyau des oreilles des morceaux de cire malléable, ce sont les fameuses boules Quiès, et *quies* en latin signifie repos, tranquillité. La crème Nivéa ? Encore du latin, *nivea* : blanc comme de la neige. Et cet agenda Quo Vadis ? *Quo vadis ?* Où vas-tu ? Les mots latins t'entourent. Quand elles changent de nom, les grandes entreprises mondiales, pour un tiers d'entre elles, choisissent un nom latin ou à consonance latine, à cause de sa simplicité, de sa sonorité, de son sens. Editis, Itinéris… Eh oui, notre latin est international, un bel exploit pour une langue morte : tu connais le japonais Sony, cela vient de *sonus*, son. Et les voitures Volvo ? *Volvo* veut dire « je roule ».

Lui

Te fatigue pas, j'ai capté.

Moi

Pourquoi me regardes-tu par en dessous ?

Lui

Pourquoi tu me disputes pas ?

Moi

Parce que tu as mis capter à la place de comprendre ? Capter provient du latin *captare*, essayer de prendre : « capter l'attention » ; ou canaliser : « Il a capté l'eau de la rivière pour se fabriquer de l'électricité gratuite » ; ou recevoir : capter une émission de radio… Tu as détourné le mot, voilà tout. Tu véhicules l'argot des jeunes. L'argot est un signe de connivence à l'intérieur d'un groupe, ça peut être un groupe d'âge qui invente son vocabulaire, pour se démarquer. L'argot fait partie de la langue, qu'il vivifie ; il forge des mots que seul l'usage peut consacrer en leur permettant de durer. Notre mot *tête* est né de l'argot. Au lieu de dire *caput*, les légionnaires romains disaient par plaisanterie *testa*, calebasse : « Il a reçu un bon coup sur la calebasse. » *Testa* est resté chez nous pour devenir tête.

L'argot est nerveux, mal peigné, brusque et imagé. Dans les faubourgs, ces banlieues d'autrefois, c'était le langage des malfrats : boniment ou cambrioleur sont devenus des mots courants, comme le verbe abouler qu'utilise Balzac : « Aboule ton fric ! » est plus brutal que : « Donnez-moi votre argent, s'il vous plaît. » Si tu dis d'un garçon qu'il est arrivé avec la gueule enfarinée, et si on te reprend, explique que cette expression figure chez la marquise de Sévigné. L'argot parisien s'est fondu dans notre langue. Bouffer, par exemple, manger à l'excès, à en devenir bouffi. Ou « J'en ai ma dose » pour « Ça suffit ». Cette dose en est une de désagréments. Et moucher ? On remet à sa place un insolent comme on mouche une bougie…

C'est aussi à l'argot qu'on doit l'habitude d'écourter les mots trop longs. Quand il y avait des fortifications autour de Paris, les filous s'y retrouvaient ; ils les appelaient les fortifs. Sur ce modèle, cinématographe est devenu cinéma puis ciné.

Écoute ce que disait Alexandre Vialatte des mots, qu'il maniait avec un très grand talent : « Le mot a valeur de monnaie. Il sert d'échange. Comment peut-on faire quoi que ce soit si l'on n'est pas d'accord sur la valeur des mots ? La vie en dépend bien souvent dans la médecine, le droit, le trafic ferroviaire, l'architecture, que sais-je ? C'est en étant d'accord sur le vocabulaire qu'on a pu aller dans la lune. » Il avait raison. Il a toujours raison. L'autre jour, en lisant mal la notice de son appareil tout neuf, un anesthésiste a tué plusieurs patients. Affirmons que les mots nous rendent moins sots. Vialatte se lamentait sur les incultes qui prennent la Walkyrie pour un fromage crémeux, et croient que les monocoques sont une maladie qu'on attrape en mer…

Je te sens fébrile. Je reprendrai demain l'histoire des noms. Tu verras qu'ils ont des grands-parents, des parents, des cousins, des enfants, qu'ils peuvent être masculins ou féminins, propres ou communs, au singulier ou au pluriel…

Résumé

- Les hommes ont inventé les mots à leur image.
- Les mots naissent, grandissent, évoluent, s'encanaillent, voyagent, se fatiguent et meurent ; quelques-uns ressuscitent.
- On peut emprunter des mots étrangers s'ils ne remplacent pas un ou plusieurs des nôtres, sinon on les emploie par pur snobisme.
- Le latin, qui a bâti les fondations de notre langue, est plus vivace qu'on ne l'imagine. Il est même devenu international.

Quatrième leçon

Les noms aussi ont une vie de famille

Moi

Tu as la mémoire diabolique des gens de ton âge, tu n'oublies rien. L'autre jour, quand je t'ai refusé je ne sais plus quoi, tu as insisté :

— Tu avais promis…

— Moi ? Jamais.

— Si.

— Quand donc ?

— L'année dernière.

J'avais oublié ma parole, pas toi. J'ai bon espoir que tu retiendras au fur et à mesure les notions que je t'enseigne. Elles resteront gravées dans ta tête, se changeront en réflexes, alors tu t'exprimeras avec naturel. Pour commencer, enregistre qu'il y a neuf sortes de mots. Cinq d'entre eux sont variables, car ils changent de forme au gré des besoins ; c'est le cas du nom, de l'adjectif, de l'article, du pronom et du verbe. Quatre sont invariables, immuables, têtus, obstinés à demeurer comme ils sont en toutes circonstances : adverbe, préposition, conjonction, interjection…

Lui

Pourquoi y en a qui changent ?

Moi

Pour s'adapter aux désirs de la phrase où ils figurent et dont ils forment l'essentiel. Aujourd'hui nous allons observer le comportement du nom. Qu'est-ce qu'un nom ?

Lui

Tu m'as dit que si on écoute les mots on les comprend, alors un nom ça nomme.

Moi

Bravo, et je complète. Ce sont les mots qui servent à nommer des êtres, des choses, des idées, des qualités, des états, afin de les reconnaître.

Lui

Ça ressemble aux étiquettes et aux pancartes dans les grandes surfaces, quoi…

Moi

Si tu veux. Tu as besoin de ces pancartes pour t'orienter dans les rayons : sucre, lessive, huile, caisses, sortie, etc.

Lui

On peut mettre des noms sur tout, hein ?

Moi

Bien sûr. Les noms sont d'une étourdissante variété. Les uns sont concrets, quand on peut voir ou toucher ce qu'ils nomment : la casquette, le ballon ; les autres sont abstraits quand ils s'appliquent à des qualités ou à des états : la sottise, l'envie, la politesse…

Lui

La maîtresse elle a dit : « Je me nomme Roseline. » C'est quoi, comme nom ?

Moi

C'est ce qu'on appelle un nom propre, comme Raoul, Trouville ou la Seine, des noms qui désignent *une* personne, *un* animal ou *un* lieu : pour les repérer on les écrit toujours avec une majuscule. Et puis il y a les noms communs, tout le reste, qui indiquent d'une façon plus générale une catégorie, une espèce : les mouettes, les professeurs, le bavard, la chaise…

Lui

Comment qu'y bougent, tes noms ?

Moi

Ils bougent parce qu'ils sont soumis à une loi de la grammaire : chacun possède un genre et un nombre. Même si, dans n'importe quelle phrase, le mont Blanc reste le mont Blanc, il a un genre.

Lui

Un genre de quoi ?

Moi

Le genre masculin ou le genre féminin, puisque pour les choses le neutre n'est pas pris en compte et que rien n'est prévu pour le désigner, comme en latin. Il y a de l'arbitraire là-dedans, je te l'accorde. En principe, les noms qui distinguent les hommes ou les animaux mâles sont masculins : le gendarme, le raton laveur ;

les femmes ou les animaux femelles relèvent du féminin : la marchande d'épinards, l'oie. Simple, non ?

Lui

Pas trop. Le mont Blanc il est masculin et c'est pas un homme et je sais que c'est une montagne et que montagne elle est au féminin.

Moi

L'article est venu à ta rescousse : si tu peux placer *le* ou *un* avant le nom sans erreur, ce nom est masculin ; féminin si tu fais précéder le nom par *la* ou *une*. Tu l'as appris avec tes oreilles. Si le *e* final d'un mot marque le féminin, quand ce mot se termine toujours par cette voyelle, l'article va t'aider une fois de plus : *un* locataire ou *une* locataire…

Lui

Le coq et la coque…

Moi

Le coq et la poule ! C'est comme le cheval et la jument, le mouton et la brebis, l'oncle et la tante ! Ne fais pas l'idiot.

Lui

Je fais pas l'idiot, mais ça marche pas toujours, ton truc du *e* à la fin du mot. Et je sais toujours pas pourquoi le mont Blanc on le dit au masculin.

Moi

À cause de l'usage. Eh oui, il n'y a pas de logique ni de règles implacables dans la grammaire : pour donner un genre aux choses, aux animaux, aux noms de métiers, il y a l'usage. À Chamonix, il y a très longtemps, sans doute grimpait-on dans *la* montagne mais on montait au sommet *du* mont Blanc, sans autre raison. Je vais te raconter plus tard l'histoire de l'usage, mais déjà tu le ressens. Pour les étrangers qui étudient notre langue, ce n'est pas facile, et seule la pratique peut leur éviter des fautes. Après des dizaines d'années en France, Jane Birkin continue à dire « *mon* maison », mais sans doute le fait-elle exprès, parce qu'il y a des fautes qui charment lorsqu'elles sont prononcées avec un accent anglais… Pour ne pas te tromper, mon bonhomme, il va falloir que tu parles, que tu écrives, que tu lises surtout, que tu lises, que tu t'imprègnes des mots et des phrases qui sonnent juste, et tu verras : les lois et les exceptions multiples de notre langue te deviendront familières, tu les auras assimilées, tu t'en serviras comme d'une télécommande. Les hiatus te feront sursauter. C'est ce que j'appelle *la grammaire en chantant* : les mots viendront à toi et s'agenceront avec aisance.

Lui

Alors j'peux aller jouer ?

Moi

Halte-là, je n'ai pas terminé.

Lui

Tu as dit que j'avais qu'à lire des livres pour la savoir, ta grammaire.

Moi

Sans doute, mais une fois que ton langage reposera sur des bases solides. Naguère, devant un barbouillage enfantin, les parents intellectuellement faibles s'extasiaient : « Le dessin de Fredo, regardez, c'est mieux que du Picasso. » Verte idiotie : avant de se forger un style personnel, Picasso a étudié, et ses premiers dessins, ses premières toiles très achevées restent classiques. Même chose pour Céline, un écrivain qui triturait les phrases et réinventait un parler populaire, torrentueux. Chaque page qu'il écrivait, dans sa première version, était également classique, puis il reprenait, refaisait, fabriquait : le naturel, c'est ce qu'il y a de plus compliqué à produire, quand on écrit. Céline s'agaçait quand on ignorait son travail, écoute-le : « Souvent les gens viennent me voir et me disent : “Vous avez l'air d'écrire facilement.” Mais non ! Je n'écris pas facilement ! Qu'avec beaucoup de peine ! Et ça m'assomme d'écrire, en plus. Il faut que ça soit fait très très finement, très délicatement. Ça fait du quatre-vingt mille pages pour arriver à faire huit cents pages de manuscrit, où le travail est effacé. On ne le voit pas. Le lecteur n'est pas supposé voir le travail. Lui, c'est un passager. Il a payé sa place, il a acheté le livre. Il ne s'occupe pas de ce qui se passe dans les soutes… »

Voici le chemin que tu dois parcourir : d'abord t'imprégner des rudiments et, plus tard, quand tu les posséderas, tu pourras libérer ton imagination, ton énergie, en inventant à ton tour des formes et des rythmes, mais pas avant. Je reprends… Nous évoquions le genre et le nombre. Tu as compris le genre, passons au nombre…

Lui

Le nombre c'est du calcul ?

Moi

En quelque sorte. Il y a deux nombres : le singulier et le pluriel. Un nom est au singulier s'il ne désigne qu'*un* être ou *une* chose, et au pluriel s'il en distingue plusieurs. Là encore, ton nouveau copain l'article va t'assister en te soufflant la bonne réponse, l'article, ce précieux petit mot qui annonce et précède toujours le nom : *le, la, un* désignent le singulier, comme *les* et *des* le pluriel. Tu diras et tu écriras « un match », « des cerises », « le jardin », et rien qu'à la mine de l'article tu sauras le genre et le nombre.

Lui

Compris. Les vacances elles sont plusieurs.

Moi

Vacances vient de *vacant*, oisif, libre, vide. Au singulier on dit « la vacance du pouvoir » quand, à la mort d'un roi, le trône reste libre en attendant la nomination de son successeur. Au pluriel, et depuis 1623, les vacances nomment la période où les écoles rendent leur liberté aux élèves, pour qu'ils se reposent. Les vacances cachent sous leur pluriel plusieurs jours de congé. L'usage, toujours l'usage.

Lui

C'est une exception ?

Moi

Une exception, et tu vas en rencontrer bien d'autres au détour des phrases. En principe, le pluriel d'un nom se signale par un s à la fin. Écris « les oiseaux ».

Lui

Les zoiseaus…

Moi

Tu es tombé dans le piège. Je t'ai dit *en principe*, car je te livre maintenant un lot d'exceptions, des pluriels irréguliers où le x remplace le s ordinaire. Il y a sept noms en *ou* qui réclament le x, nous les récitions autrefois comme une formule magique et je pense que tu les as appris de la même façon : « bijou, caillou, chou, genou, hibou, joujou, pou ». Tu diras donc des fous, mais les bijoux.

Lui

Hibou, chou, caillou…

Moi

Ce n'est pas tout. Le pluriel de cheval est chevaux, parce que *aux* forme le pluriel des noms en *al*, sauf cinq : bal, carnaval, chacal, festival, régal... Quant aux noms terminés en *au, eau, eu*, ils veulent un x et refusent le s, sauf landau, sarrau, bleu et pneu. Des tuyaux, des feux, mais des pneus... C'est difficile à retenir ? Mais non, et une fois de plus la lecture te permettra d'assimiler ces légères déviations à la règle.

Lui

Pourquoi y a des noms qui font pas comme les autres ?

Moi

L'usage ! Les noms viennent de loin. Laisse-moi te retracer leur généalogie familiale... Apporte la mappemonde que ta grand-mère t'a donnée à Noël, là-bas, sur le bureau où tu dessines et où tu improvises tes devoirs de vacances... Bien... Pose ce globe entre nous sur la table... Regarde... La France est ici, en rose, avec ses côtes biscornues.

Lui

Elle ressemble à la tête d'un bonhomme.

Moi

Oui, de profil, avec la Bretagne en forme de nez bourgeonnant, la bouche soulignée par la Gironde.

Eh bien, figure-toi qu'au sud, à Marseille, un siècle et demi avant notre ère il y avait des Grecs. Comme ils étaient sans cesse harcelés par des tribus gauloises qui se sentaient chez elles depuis plus longtemps encore, les Grecs se sont plaints aux Romains, plus riches, plus forts, mieux organisés, qui se prenaient pour les gendarmes du monde antique, un peu comme nos Américains. Le prétexte était en or : les légions romaines sont donc entrées en Gaule et elles y sont restées pour la pacifier, c'est-à-dire pour l'occuper et agrandir leur zone d'influence.

Lui

Les Gaulois, j'ai vu des dessins. Ils sont grands et blonds, avec des moustaches qui tombent, et ils râlent tout le temps.

Moi

L'image qu'on en donne est farfelue. Ce n'étaient pas des sauvages hirsutes et grossiers. Dans l'ensemble ils n'étaient pas très grands, et plutôt bruns que blonds, mais ils se teignaient les cheveux parce qu'ils étaient coquets. Ils vendaient du saucisson aux pays nordiques et en ramenaient de l'étain, ils avaient un langage structuré, d'origine celtique, mais il leur manquait de savoir écrire.

Lui

Ils voulaient pas ?

Moi

Ils ne pouvaient pas. À cause des druides.

Lui

Les druides comme dans *Astérix* ?

Moi

Les druides gardaient pour eux leurs formules magiques, leurs secrets et leur savoir, ils interdisaient l'écriture. Voilà pourquoi les Romains ont répandu le latin, parce qu'il pouvait s'écrire et faciliter l'administration des provinces annexées.

Lui

Alors les mots gaulois ils ont disparu ?

Moi

Presque tous, oui. Il n'en est resté que quelques dizaines, répétés et déformés par les Romains, et ils ont fini par se mélanger au latin. Nous en avons des échos dans les noms de lieux. *Briva*, chez les Gaulois, désignait un pont, et on retrouve ce nom dans Brive-la-Gaillarde. *Belenos*, l'Apollon des Celtes, a donné son nom à la ville de Beaune, comme *Icaunis*, déesse gauloise, a baptisé une rivière, l'Yonne. Je t'ai déjà expliqué comment les mots se marient, se mélangent et se transforment. Au départ, ces noms gaulois et latins, altérés par des siècles de bavardage, vont devenir notre français. Les soldats, les marchands, le peuple vont s'approprier les mots du latin savant pour les tordre en latin vulgaire puis en français. *Ager* devient *campus*, puis champ, *tellus* devient *terra*, puis terre…

Lui

Tu m'encombres ! J'ai pas besoin d'ça en plus.

Moi

Si. Il faut que tu apprennes comment se sont constituées les familles de noms que tu utilises. Le grec intervient souvent, le latin savant et le latin vulgaire coexistent et se ramifient en mots différents : le savant *equus* aboutit à équitation, le vulgaire *caballus* nous offre cheval, cavalier, chevauchée, cavalcade. Cette connaissance te permettra d'être moins désarmé en face des mots que tu entends ou que tu lis. Dans un lycée boiteux de la banlieue parisienne, un professeur méritant enseigne les langues anciennes à des élèves peu favorisés, et ces derniers s'en sortent, ils poursuivent des études utiles, ils réussissent, ils le clament comme Dounya : « En médecine, le grec m'a permis de mémoriser les mots compliqués », ou tel autre : « Grâce aux langues anciennes nous avons réussi à nous en sortir mieux que nos parents. » Tu dois saisir que les noms vivent en famille, et que visiter leurs aïeux te permet de connaître leurs frères, leurs cousins, leurs neveux, leurs enfants.

Lui

Comme une vraie famille ?

Moi

Certainement. Plus tu le réalises, plus ton vocabulaire s'enrichit, mieux tu dis ce que tu veux dire. Je précise. *Ministerium*, c'est le grand-père latin. Il a eu deux enfants très différents, *ministère* et *métier*. À son tour l'aîné a eu des enfants : ministre, ministrable, administrer, administrateur. Le second est resté célibataire, il se contente de fréquenter un groupe d'amis choisis à cause de leur sens et de leur proximité comme travail, profession, fonction, boulot, job, carrière… Pour pénétrer plus avant dans une véritable famille, tu dois remonter sa généalogie jusqu'à l'ancêtre. Quand tu rencontres, à la sortie de l'école, les parents ou la sœur d'un de tes copains, tu leur trouves une ressemblance, un air de famille : « C'est marrant, ils sont tous rouquins avec des nez en pointe. » Il en va de même avec les noms, ils ont un air de famille qui se remarque au *radical*, c'est-à-dire à la racine commune qui va permettre à d'autres mots de pousser et de se développer. Ce garçon qui fait du slalom entre les voitures, sur sa Vespa, il est livreur de pizzas. Livreur. La racine est *livr*, à partir de laquelle d'autres mots fleurissent : livrer, livraison, livrée… Tu as compris ? Oui ? Non ? Dis-moi quelle est la racine de *dortoir*.

Lui

Toir ?

Moi

Mais non, petit plaisantin ! *Dor*, qui va enfanter dormir, dormeur, endormi, dormant, dormitif ! Le radical est le seul, je me répète, à te signaler un air de famille dans une flopée de mots, et on peut faire partie de la même famille sans forcément se ressembler comme des jumeaux. Tu as des cheveux clairs comme ton cousin Maurice a des cheveux noirs, une taille plus petite…

Lui

Y sont différents comment, les noms ?

Moi

À cause de deux éléments essentiels, d'origine latine ou grecque, qu'on désigne comme les *préfixes* et les *suffixes*. Il s'agit de mots courts, voire très courts, qui orientent le nom en marquant l'intensité, l'éloignement, le contraire, etc. Commençons par les préfixes, collés devant le nom pour en modifier le sens. *Ante* ou *anti*, en latin, signifie devant, avant. Fixe-le au début du nom chambre, tu obtiens antichambre, où l'on passe avant d'entrer dans la chambre, puis, par extension, dans la pièce, dans le bureau. On dit « Martin fait antichambre devant le bureau du ministre » : il attend, ce pauvre Martin, il poireaute dans l'espoir d'être reçu.

Lui

Et antisèche ? C'est quand on triche mais c'est devant quoi ?

Moi

Bonne question. Cet *anti* n'est pas latin mais grec et veut dire en face de, contre. L'antisèche est un aide-mémoire consulté en douce qui évite au mauvais élève de rester sec devant sa copie. Il y a aussi les lunettes antireflets, l'antivol pour attacher le vélo, l'antidérapant… Bien des mots courants ont des préfixes. Tu es allé l'autre jour avec ta mère faire les courses. Où ? À l'hypermarché. *Hyper* est un préfixe grec qui se traduit par au-dessus ou à l'excès. Un hypermarché est un magasin démesurément grand. Et le périphérique ? En grec, généralement, *péri* signifie autour. Le périphérique est cette route qui entoure la ville, comme le péristyle est la colonnade autour d'un bâtiment…

Lui

Et moi je m'y r'trouve comment ?

Moi

Tu me montreras ton manuel, si tu en as un, sinon je t'en offrirai un. Dans un manuel sérieux et complet, tu as des tableaux où s'alignent les préfixes, il suffit de les consulter, de les retenir. Ce n'est pas sorcier. Et c'est amusant de savoir décortiquer les mots. Même chose pour les suffixes, petits mots brefs posés en terminaison : ils infléchissent le sens, élargissent la famille. Qu'est-ce qu'un insecticide ?

Lui

C'est le produit qu'on balance pour tuer les moustiques à la campagne dans ma chambre.

Moi

On ajoute au nom insecte le suffixe *cide*, « qui tue ». Celui qui tue le roi est un régicide, celui qui promulgue une loi contraignante est accusé d'être liberticide, qui tue la liberté. Certains de ces mots qu'on soude au début ou à la fin d'un nom peuvent être à la fois suffixes et préfixes… *Phone*, du grec voix, est suffixe dans téléphone, « la voix qu'on expédie dans l'espace », ou dans aphone, « sans voix », comme un chanteur qui a trop chanté et n'arrive plus à émettre un son. Il devient préfixe dans phonétique, l'étude des sons dont nous avons parlé au début.

Lui

Les noms, avec ça, y s'débrouillent seuls.

Moi

Oh non, mais en voilà assez pour aujourd'hui. Pénètre-toi de cette leçon, joue avec les noms, amuse-toi avec les préfixes et les suffixes, repère les genres et les nombres. J'ouvre le journal, je tombe sur le mot citoyen. Son aïeul est un vieux Romain, *civis*, et il a une longue descendance : civil, civique, civilisation, civilisé, incivilité… Rassemble des familles en traquant les racines, plonge dans un dictionnaire au hasard, promène-toi avec les noms, ils sont rangés par ordre alphabétique comme les plantes d'un herbier, lis les notices, savoure le plaisir d'apprendre. Demain nous continuerons avec l'histoire des mots qui escortent les noms et fécondent les phrases.

Résumé

• Comme il l'indique lui-même, le nom est un mot qui sert à *nommer* des êtres, des choses, des idées, des qualités. Il peut être concret ou abstrait, propre ou commun.

• Les noms sont *variables*. Ils se soumettent à la loi du genre et du nombre. L'*article* est le petit mot bref qui souligne ces variations.

• Le genre neutre n'existe pas de manière visible, comme en latin, alors le masculin et le féminin des noms de choses se plient à l'usage, sans vraie logique.

• En majorité, les noms français viennent du latin savant ou du latin populaire.

• On reconnaît une famille de noms en isolant le *radical*, sa racine commune. *Préfixes* et *suffixes* habillent les membres de la famille et leur permettent de se multiplier.

CINQUIÈME LEÇON

À l'image des planètes, les noms possèdent leurs satellites

Lui

Hier, tu m'as dit que les noms ils s'ennuient tout seuls.

Moi

Plusieurs sortes de mots gravitent autour d'eux pour les accompagner : ils les précisent, ils les prolongent, les relient, leur donnent du volume et de la couleur, les inscrivent dans un mouvement, celui de la phrase. Ce sont l'adjectif, le pronom et l'adverbe.

Lui

Tu commences par quoi ?

Moi

L'adjectif, un mot créé à partir du verbe *adjicere*, ajouter : l'adjectif s'ajoute en effet au nom pour le renforcer. Là encore, il faut distinguer diverses espèces d'adjectifs, parce qu'ils ne jouent pas la même musique. Le plus voyant, le chef de la bande, c'est l'adjectif *qualificatif*, ainsi nommé parce qu'il ajoute au nom une qualité bonne ou mauvaise : « Arthur est un *lamentable* gardien de but », ou : « J'ai avalé tout rond une *délicieuse* tartine de Nutella. » Compris ?

Lui

Quand y a personne dans la rue le dimanche, je peux dire que je descends jouer au ballon dans la rue *déserte*. C'est ça ?

Moi

Bravo ! Tu as même accordé l'adjectif avec le nom, comme ça, à l'oreille, naturellement, parce que ça te choquait qu'*une* rue soit *désert*. Les peintres débutants, souvent, recopient les maîtres pour comprendre leur technique, et toi, comme eux, tu procèdes par imitation. Tu reproduis des sonorités entendues, avant même de savoir les accords et leur technique.

Lui

La prof de musique qu'on voit le vendredi, elle dit qu'on accorde surtout les pianos et les guitares.

Moi

Cela consiste en quoi ?

Lui

Bon, que les notes elles tombent juste avec les notes prévues, sans ça elles déraillent dans les autres sons, quoi, et ça fait un bruit de casseroles.

Moi

Même chose avec les adjectifs. Accorder, c'est mettre en accord, associer, unir le qualificatif au nom qu'il sert. Les qualificatifs s'accordent donc comme les noms, en genre et en nombre : « Arthur raffole des pommes *vertes* », « La gardienne a un *gros* chignon derrière la tête ». Quand tu parles, quand tu écris, essaie de trouver le qualificatif qui correspond le mieux à ce que tu as dans le crâne, mais n'en abuse pas : accumuler trop d'adjectifs dans une même phrase revient à la brouiller, à la rendre indigeste. À trop qualifier, on ne qualifie plus rien. En meute, les qualificatifs se détruisent.

Lui

Y font comme dans un wargame ?

Moi

Un peu : leur sens se volatilise. Je te montre un extrait de texte, tiens, lis-le avec moi :

« Ces vagues et passagères distractions n'empêchaient pas que le colonel, à chaque tour de sa promenade, ne jetât un regard lucide et profond sur les deux compagnons de sa veillée silencieuse… »

Lourdingue, voire confus. Je relève cinq adjectifs qualificatifs en peu de lignes : *vagues, passagères, lucide, profond, silencieuse*. Sont-ils tous utiles ? N'alourdissent-ils pas la phrase ? Ces lignes figuraient dans la première version d'*Indiana*, un roman de George Sand, mais son ami Musset, qui avait du style, a pris son crayon et a barré quatre adjectifs sur cinq. La même phrase soudain se muscle et s'éclaircit :

« Ces distractions n'empêchaient pas que le colonel, à chaque tour de sa promenade, ne jetât un regard profond sur les deux compagnons de sa veillée… »

Tu saisis ? Il ne faut pas boursoufler tes phrases, les encombrer de bimbeloterie.

Lui

Tes adjectifs, je les oublie ?

Moi

Non, tu les choisis. Certains noms entraînent des qualificatifs rebattus, sans recherche, qu'on emploie par automatisme, donc par paresse. Ce sont des clichés, expressions tellement usitées qu'elles tournent à la banalité ; la chose est flagrante dans les médias où le talent n'est plus un critère, ni l'originalité : une foule y sera toujours *bigarrée*, un rythme *endiablé* et une chaleur *torride*.

Lui

Et c'est pas vrai ?

Moi

C'est vrai mais usé. Ces qualificatifs endorment l'auditeur ou le lecteur, au lieu de le réveiller. Incolores, ils ne servent à rien.

Lui

Faut dire que la chaleur est chaude ?

Moi

Stupidissime ! Mieux vaut que cette chaleur soit *déraisonnable* ou *affolante*. Anatole France, mon maître, a enseigné qu'il fallait contrarier l'adjectif pour lui donner une consistance : il doit surprendre.

Lui

Faut pas que j'm'y attend ?

Moi

Il conseille de ne pas écrire : « Des prélats, magnifiques et pieux, allèrent en procession… », mais « Des prélats *obèses* et pieux… ». Les deux adjectifs se cognent et de ce heurt jaillit aussitôt une image puissante : la procession, elle est sous tes yeux, tu vois ces gros prêtres satisfaits qui avancent à petits pas en promenant leurs bedons, tu vois leurs sourires fabriqués, leurs regards embués au vin de messe, l'or des chasubles, la foule recueillie…

Les grammairiens ne te donneront jamais de conseils comme celui-ci. À eux les recettes, aux écrivains la pratique; le même Anatole France affirmait qu'aucun grammairien n'a pu écrire une belle page : « Pour échantillonner leurs règles, ils sont obligés d'aller chercher leurs exemples chez les écrivains, qui écrivent selon leur instinct. » La grammaire, dont j'aimerais que tu saches les grandes lignes, elle n'est pas figée. C'est le rythme qui doit l'emporter, alors rejetons tout ce qui peut l'affaiblir, ce que le vieil Anatole résumait en un slogan : « Guerre à la pâtisserie ! La pâtisserie c'est le factice, c'est la crème meringuée qui dissimule mal la pauvreté du gâteau. » Il faut que tu utilises les qualificatifs avec précaution, quant aux autres adjectifs, plus discrets, ils se multiplient autour du nom comme des soigneurs : les *numéraux*, les *possessifs* et les *démonstratifs*. À leur sujet n'oublie pas mon principe : l'explication de ces mots relève de l'évidence, et les nommer c'est les comprendre. Prenons les numéraux…

Lui

Comme un numéro derrière un maillot ?

Moi

Eh oui. Les adjectifs numéraux servent à compter. Ils indiquent un nombre : « Il avait *dix* minutes de retard à notre rendez-vous », « J'ai *quinze* jours de vacances ». Ils sont invariables, sauf le *un* qui se retrouve *une* au féminin. On les appelle *cardinaux*. En revanche, leurs compères les *ordinaux* s'accordent, car ils indiquent l'ordre ou le rang.

Lui

Tu vas trop vite !

Moi

Tiens bon, accroche-toi. Les adjectifs numéraux ordinaux classent les nombres et se terminent tous par *ième*, sauf *premier* et *second* qui, en outre, prennent un e au féminin quand les autres ne changent pas : « À la *première* occasion, je m'échappe et je vais jouer. » En revanche, contrairement aux cardinaux, les ordinaux respectent le singulier et le pluriel comme leurs cousins les qualificatifs : « À la course en sac, Émile et Samantha sont arrivés *deuxièmes* ex æquo. » En réalité, pour manipuler avec intelligence ces adjectifs, tu dois t'exercer, et je te dicterai des phrases où ils figurent, et tu te tromperas, et je te corrigerai ; en moins d'une heure, tu sauras.

Lui

J'en ai p't'être pas trop besoin maintenant, si je sais pas j'ai qu'à les mettre en chiffres, comme pour les leçons de calcul…

Moi

Tu en auras besoin, plus tard, quand tu devras remplir un chèque à ton dentiste ou au plombier. Autant apprendre dès aujourd'hui ce qui te sera nécessaire demain. Pour l'instant, je veux te livrer une vue d'ensemble des éléments qui composent la grammaire. Il sera temps, ensuite, d'éclairer ce qui t'aura semblé obscur. Passons immédiatement aux adjectifs *possessifs* et aux *démonstratifs*. Par lesquels je commence ?

Lui

Possessif j'ai déjà entendu, je connais, enfin je crois, c'est lui qui possède.

Moi

Tu appliques bien le principe, possessif vient de posséder, mais comment sais-tu ce mot ?

Lui

Maman l'a dit l'autre fois de mon voisin Gédéon, qu'elle emmène le matin avec moi à l'école parce qu'il habite la porte en face, elle a dit : « C'est un enfant possessif », alors moi j'ai demandé et elle a dit : « Il veut toujours tout posséder, tout ramener à lui. »

Moi

Il veut affirmer ce qu'il possède, il doit sans arrêt dire *ma* chambre, *mes* jouets, *mon* pain au chocolat. L'adjectif possessif remplace l'article pour désigner à qui appartient l'objet dont on parle : « *Notre* classe est la meilleure », « Papa s'enferme dans *son* bureau pour être tranquille », « Au jardin, les petits ont *leurs* biberons ». L'adjectif possessif, très lié au nom qu'il précède, s'accorde avec lui en genre et en nombre. Il peut également traduire un lien de familiarité : « Il va jouer aux billes avec *son* cousin Oscar. » Quant à l'adjectif démonstratif…

Lui

Il montre ?

Moi

Il montre et se comporte comme son jumeau le possessif. Au lieu de dire *une* plage, ou *la* plage, tu annonces d'un geste : « Regardez *cette* plage. » *Ce, cet, cette, ces* sont des démonstratifs… Mais tu étouffes un bâillement, je m'arrête.

Lui

Non ! J'écoute *ta* leçon avec *mes* oreilles très ouvertes, et j'attends la suite de *cette* histoire des satellites qui donnent un coup de main aux noms, mais s'il faut tout garder dans la tête c'est pas gagné, hein…

Moi

Voici pourtant un autre satellite qui gravite autour des noms, un peu particulier parce que d'apparence modeste, mais très présent dans chaque phrase : *le pronom.*

Lui

Il ressemble au nom avec un préfixe qui dit quoi ?

Moi

Le préfixe *pro*, tu as raison, signifie pour ou à la place de, il te signale que le pronom *remplace* le nom pour éviter des répétitions, pousser la phrase à plus de fluidité et de souplesse. Comme les adjectifs que nous avons rencontrés tout à l'heure, le pronom peut être possessif ou démonstratif, dans les mêmes circonstances, mais d'abord il est personnel.

Lui

Y parle pour une personne…

Moi

Oui, et il s'accorde évidemment en genre et en nombre avec la personne ou les personnes qu'il remplace. « Tarzan boire », dit l'homme des bois qui ne maîtrise pas les mots, mais toi, pour dire la même chose, tu ne vas pas te nommer, tu vas employer le pronom personnel *je* : « *Je* voudrais un

Coca light. » Il va falloir que tu distingues la première personne, *qui parle* et gouverne la phrase : je, nous, me, moi : « *Je* te prête volontiers ce roman de Conrad. » La deuxième personne, *à qui l'on parle* : tu, te, toi, vous : « *Tu* commences à frétiller sur ta chaise. » La troisième enfin, *de qui l'on parle* : il, elle, le, la, lui, les, leur : « *Il* a oublié son cahier à la maison » ou « *Elle* veut *lui* faire plaisir en préparant une tarte aux pommes ».

Lui

Quand Arthur a voulu prendre mon blouson, je l'ai dit à Arthur, qu'il me le laisse, ça c'est correct ?

Moi

Pas du tout. Le pronom personnel te permet de ne pas répéter le nom d'Arthur. Utiliser correctement ce pronom affine ta phrase : « Je *lui* ai dit de me *le* laisser. » Je ne vais pas m'attarder sur les démonstratifs ni sur les possessifs dont tu étudieras la liste à tête reposée : ils se comportent comme les adjectifs correspondants, pour marquer la possession ou pour montrer : « Je regarde *cette* émission de télé. »

Lui

Là, je montre, hein ?

Moi

Vrai. Ce, celui, celle, ceux sont des pronoms démonstratifs : « Ce ballon est crevé, prends plutôt *celui-là.* » Et je te montre le ballon bien gonflé. Le pronom possessif, tu l'as compris, remplace un nom *et* l'adjectif possessif qui souligne le sens : le mien, le tien, la sienne, les miens, les nôtres, la leur, etc. « Arthur joue au ballon avec *le mien* », c'est-à-dire *mon ballon.*

Lui

On a fait l'plein pour aujourd'hui ? Ça bourdonne…

Moi

Il y a d'autres pronoms, mais je les réserve en vue d'une autre leçon, car ils servent aussi à visser entre eux les différents membres d'une phrase : je les considère davantage comme des chevilles, ou des outils, que comme de vrais satellites. Cependant, j'aimerais qu'on termine par l'*adverbe*, un mot invariable qui tournicote autour des noms comme des autres mots. Il papillonne, assiste les uns et les autres à volonté, se glisse partout, modifie le sens mine de rien. Il consolide une *affirmation* : oui, certes, vraiment, surtout ; il affirme une *négation* : non, nullement, pas, point, pas même ; il instille le *doute* :

peut-être, environ ; il *interroge* : quand ? où ? pourquoi ? combien ? comment ? Et il répond même aux questions qu'il pose avec une telle brièveté, car il tombe dans la phrase comme une météorite pour appuyer une idée de *lieu* (où, ici, là, ailleurs, dedans, dehors), ou de *temps* (hier, aujourd'hui, maintenant, autrefois, toujours, jamais) ou de *quantité* (beaucoup, peu, plus, moins, autant). Il règle la *manière* (bien, mal, et tous les adverbes qui se terminent en *ment*, un peu balourds, que tu essaieras d'éviter le plus possible). L'adverbe est partout, il saupoudre nos conversations.

Lui

Là, tu m'enfumes ! Il pleut plus, je vais sur la plage.

Moi

Vraiment ?

Lui

Oui !

Résumé

- Des satellites tournent autour des noms pour les préciser : l'adjectif, le pronom et aussi l'adverbe.
- L'adjectif *qualificatif* ajoute une qualité bonne ou mauvaise, mais son abus est dangereux car il peut boursoufler la phrase. Le *numéral* sert à compter, le *démonstratif* à montrer et le *possessif* désigne à qui appartient ce dont on parle.
- Le pronom remplace le nom pour éviter les répétitions et assouplir le discours. Il peut être *personnel, possessif* ou *démonstratif*.
- L'adverbe est invariable. Il tournicote autour des noms comme des autres mots pour marquer l'*affirmation*, la *négation* ou le *doute*, et appuyer des idées de *lieu*, de *temps*, de *quantité* ou de *manière*.

Sixième leçon

Il faut soigner nos verbes comme des moteurs

Moi

Mon joli coco, la leçon de ce matin est capitale. Termine ton bol de corn flakes et tiens-toi en alerte : nous allons évoquer les verbes et la façon de les dompter. Une phrase sans verbe ne respire pas plus qu'un merlan sur le sable ; elle étouffe. Une phrase sans verbe n'avance pas, elle manque de tonus, elle ne va nulle part. Si tu grimpes dans une voiture sans moteur, tu vas faire du surplace. Elle a des roues, un volant, une carrosserie, des sièges en cuir, des phares, mais elle ne roule pas. Une voiture n'existe que pour rouler, une phrase aussi. Le verbe, justement, c'est le moteur.

Lui

T'as des listes à savoir, j'en suis sûr !

Moi

Impossible : il y a cinq mille verbes dans notre langue. Je vais surtout t'apprendre à les repérer et à les mettre en marche. Quand tu sauras t'en servir, tu pourras en étudier la machinerie de plus près, en expert, ce qui te permettra de démultiplier leurs performances. J'entends rester aux principes de base, dont voici le premier : les verbes expriment l'*action* ou l'*état*, autant dire qu'ils sont les mots les plus importants de la phrase.

Lui

Je t'écoute. Je pose ma cuiller et je t'écoute.

Moi

Tu m'écoutes ? Voilà l'état. Tu poses une cuiller ? voilà l'action.

Lui

Je m'suis servi de tes verbes, comme ça, avant que tu m'les aies appris ?

Moi

« À la gare Saint-Lazare, nous *prenons* le train de midi qui *va* à Trouville. » Les verbes prendre et aller traduisent des actions, celle de monter dans un wagon, celle de partir en Normandie : il y a un mouvement. Un état c'est un constat, une vérité, une réalité qu'on énonce : « Le pull de Fatouma *est* bleu » ou « Je *suis* content ». Ici il n'y a aucun mouvement mais un fait dont on rend compte : le pull est bleu, on n'y peut rien, il n'est pas vert ni jaune, c'est son état d'être bleu. Même chose pour une humeur ou un sentiment qu'on livre : être content, furieux, amusé…

Lui

Comment tu les fais rouler, les verbes ?

Moi

Ils ont une boîte de vitesses incorporée, ils peuvent garder l'allure ou accélérer, ralentir, tourner, opérer des marches avant ou arrière : cela s'appelle *conjuguer*. Conjuguer un verbe consiste à l'employer sous toutes les formes, le présent, le passé, l'avenir, le masculin, le féminin, le singulier, le pluriel : tu comprends, elle comprend, nous avons compris, vous comprendrez, ils comprenaient.

Lui

Comment qu'on la fait marcher, ta boîte de vitesses magique ?

Moi

Comme une console de jeux. Ici tu as la manette des vitesses que tu bouges en avant, en arrière, en haut, en bas, et là les touches qui te permettent de sélectionner les différentes figures du verbe choisi.

Lui

Trop dur !

Moi

Tu dis ça chaque fois que tu essaies un nouveau jeu. Je t'ai déjà vu trépigner parce que tu n'arrivais pas à manœuvrer des personnages mal foutus, aux couleurs gueulardes, qui tentaient de se pourfendre à coups d'épée au bord d'un précipice, et puis tu t'es habitué, tu les as maîtrisés. Avec les verbes, ce sera pareil.

Lui

Alors, dis-moi comment on s'en sort.

Moi

Chaque verbe peut emprunter une centaine de costumes différents. Tu commences, comme avec les noms, nous en avons déjà parlé, par isoler leur racine. Donne-moi un verbe.

Lui

J'sais pas trop, moi. Chanter ?

Moi

Va pour *chanter*. Donc, tu dégages la racine : chant. Elle va servir à donner au verbe son identité dans tous les cas, car seule la terminaison lui permettra d'évoluer dans les modes et le temps. En changeant d'habits le verbe changera de fonction.

Lui

Faut déjà bien savoir lire pour pas s'tromper.

Moi

De toute façon, il faut savoir lire, même pour prendre le métro ou marcher dans la rue, même pour se balader à la campagne. Ne t'éparpille pas. Sélectionne en appuyant sur la touche *temps*. Voilà. Sur ton écran apparaissent trois temps : le *présent* indique que l'action est en train de se dérouler, « La grammaire et les verbes à conjuguer t'ennuient » ; le *passé* que l'action s'est déroulée avant, « Jeudi tu ne voulais pas manger d'entrecôte sans frites » ; le *futur* que l'action va avoir lieu. « Je parlerai à ton professeur de tes progrès en français. » Vu ? Aujourd'hui je chante, hier je chantais, demain je chanterai : les terminaisons marquent le temps de l'action.

Lui

Si c'est pas moi que je chante ?

Moi

C'est à ce moment qu'interviennent des pronoms personnels que tu connais déjà : je, tu, il ou elle, nous, vous, ils ou elles. Ils déterminent d'un coup d'œil le genre et le nombre, comme les articles le font avec les noms. Eux aussi vont modifier les terminaisons : *tu* chant*es, nous* chant*ons, vous* chant*erez, ils* chant*eraient*…

Lui

Ces terminaisons qui remuent tout le temps, j'dois les savoir toutes ?

Moi

Bien sûr, c'est élémentaire. Tu devras lire avec minutie les tableaux de conjugaisons publiés dans les grammaires normales et à la fin des dictionnaires français, tu vas les photographier, tu vas les retenir : un brin de mémoire visuelle et de méthode te fera apparaître la logique de ces terminaisons que les pronoms accompagnent, elles sont typées, elles se répètent. Tu verras que la lettre *s* réclame le pronom *tu*, qu'*ils* ou *elles* appellent la terminaison *ent*. Dis-moi la première personne du pluriel.

Lui

Je ?

Moi

Du pluriel ! Plusieurs personnes dont toi !

Lui

Nous…

Moi

Avec *nous*, le verbe se termine en *ons* : nous chantons, nous rêvons, nous nous promenions dans les sous-bois, nous irons au marché dimanche matin… La même personne gouverne la même terminaison, sauf à de rares formes du passé, nous chantâmes, nous eûmes chanté.

Lui

Nouzume ? C'est quoi encore ces formes que tu causes ?

Le passé, le présent, le futur ont des degrés, plus ou moins éloignés, plus ou moins actifs. Tu as le choix, pour préciser ta phrase au passé, entre l'imparfait, le plus-que-parfait, le passé simple, le passé antérieur… Tu vas te contenter de retenir les temps qui te serviront dans la vie, tu vas délaisser le guindé et le malsonnant de certaines formes verbales désuètes. Il y a un demi-siècle, Raymond Queneau voulait adapter le *Discours de la méthode* dans la langue de tous les jours. Il saluait la progressive disparition de l'imparfait du subjonctif. Toi, moi, les gens normaux disent « Si j'avais su ! » quand les puristes commandent d'écrire cet invraisemblable « Il eût fallu que je le susse ». C'est enfiler un smoking pour aller à la piscine. Queneau se réjouissait aussi de l'agonie du passé simple dont certaines formes s'apparentent au snobisme grammatical, il les remplaçait par un passé composé plus naturel : personne ne va dire « Nous allâmes au Monoprix », mais « Nous sommes allés au Monoprix ». Réduisons le divorce entre le parlé et l'écrit. Un amateur de vélo ne dira pas : « N'est-ce point Bobet qui, l'année dernière, avait déjà gagné le Tour de France ? » Il dira plutôt : « Il l'avait pas déjà gagné le Tour de France, l'année dernière, Bobet ? »

Le français est né du latin appauvri. Faisons la même chose que les gens du haut Moyen Âge qui ont élevé ce langage pauvre, dit Queneau, à la dignité de la langue écrite.

Lui

Alors je m'en fiche des temps compliqués ?

Moi

Tu en prends connaissance, tu sais qu'ils existent, tu les laisses dans leur vitrine. Il y a peu de chances que tu t'en serves.

Lui

Dis-moi comment je fais, alors.

Moi

Attaquons-nous à ce problème par la pratique. Nous parlions du passé, restons-y. L'imparfait est par tradition et par commodité le temps du récit : on raconte une histoire, d'ordinaire, à l'imparfait, parce que le présent assèche et brusque une narration longue. « Aurélie marchait dans la rue » est une phrase qui réclame un prolongement, on sent qu'il va se passer quelque chose. Tu peux dire, sur le même tempo : « Aurélie marchait dans la rue, comme chaque matin, pour aller à l'école, et elle ne se pressait pas, musardait en mangeant un biscuit… » L'image est formée. Si tu veux rompre cette promenade anodine par un événement, tu choisiras les formes simples de passé simple, qui vont donner une soudaine vitesse à ce que tu racontes : « Aurélie marchait dans la rue, soudain elle *vit* une moto grimper sur le trottoir et se *rangea* contre le mur. » Dans un texte à l'imparfait, ce passé simple renforce une action, la rend plus vive. La phrase se met à trotter. Elle peut galoper si tu emploies le présent, et là tu passes de la durée à l'instant : « Aurélie marchait dans la rue, soudain une moto *grimpe* sur le trottoir… »

Lui

On peut faire comme on veut ?

Moi

Oui, si le moteur de la phrase tourne à plein régime et sans anicroche. Hélas, il n'y a aucun moyen d'éviter la mécanique, et je suis obligé de te montrer les *modes*, les *groupes* et les *auxiliaires*.

Lui

Le verbe il doit être à la mode ?

Moi

Tu confonds. Au masculin ou au féminin, un mot peut avoir un sens très différent. *La* mode, c'est le goût du jour, un conformisme, surtout en ce qui concerne les nippes, les fringues, les fanfreluches : « Cet été la couleur orange sera à la mode », et dans les vitrines tu ne verras que des robes et des pulls de cette couleur. *Le* mode, pour un verbe, c'est la manière dont il exprime un état ou une action selon qu'il l'affirme ou qu'il l'envisage. Il marque une certitude ou une possibilité. Il y a six modes et je te les détaille. L'*indicatif* affirme, au présent, au passé ou dans l'avenir : « Quand tu auras terminé ton château de sable, tu te laveras les mains. » Le *subjonctif* évoque des actions supposées, souhaitables ou redoutées, et le mot *que* précède toujours le verbe : « Il faut que tu ailles te laver les mains. » L'*impératif* donne un ordre : « Va te laver les mains, petit dégoûtant qui as tripoté un ver de terre. » Le *participe présent* se termine en *ant* et exprime une action en cours : « En te lavant les mains, tu estourbis les microbes. » Le *participe passé* se termine en *é* et il ressemble à un adjectif, donc il s'accorde : « Montre tes mains, elles sont lavées ? » Sixième et dernier mode, l'*infinitif* est invariable en presque toute occasion puisque c'est le nom du verbe : laver, aller, chanter…

Lui

Y sert pas trop, quoi.

Il a un petit air figé, mais des écrivains habiles ont réussi à le dévoyer pour l'entraîner dans des danses rapides. Je pense à Paul Morand, l'inventeur de la littérature de course. Au début de *Rien que la terre* il rend ce mode très actif :

« Tantôt pédaler sur les latitudes (baissant la tête aux courants d'air des grands tournants : Aden, Manille, cap Horn, Dakar), tantôt se laisser glisser jusqu'au bas des longitudes lisses. Au risque de perdre l'équilibre, s'arrêter tout à coup, posé sur le globe en porte-à-faux, comme le soulier-réclame, le meilleur stylo… »

On peut, vois-tu, ranimer un mode en sommeil. Écrire est un acte concret, aussi physique que la sculpture et en fin de compte peu intellectuel. Tu imagines une scène, tu la vois, tu la décris, tu la mets en mouvement grâce aux temps et aux modes des verbes.

Quand j'ai voulu raconter une charge de cavalerie dans un roman, *La Bataille*, moi qui ne suis jamais monté sur le dos d'un cheval et n'ai jamais tenu de sabre, assis devant ma table j'ai regardé le plafond blanc. À quoi pense un type qui charge contre des canons autrichiens ? Que ressent-il ? Eh bien, je me suis mis dans sa situation et les mots les plus concrets sont venus à ma rescousse. Quand tu visualises une scène, les verbes s'en mêlent et ils animent la fresque.

Lui

Les verbes ça fait bouger ?

Moi

Oh oui, et je t'avais prévenu : les verbes sont des moteurs délicats, les apprivoiser s'apprend, il faut du doigté, de la subtilité, garder en mémoire leurs multiples facettes, déceler les rouages, les engrenages. Divisons le problème pour mieux le résoudre : pour te faciliter la tâche, les verbes se répartissent en trois groupes. Le *premier groupe* rassemble la plupart d'entre eux, qui se terminent en *er* à l'infinitif : ils sont environ quatre mille sur le modèle de *chanter*. Tu sais conjuguer chanter ? Tu sais conjuguer quatre mille verbes d'un coup. Tu n'auras guère de soucis avec ce gros bataillon discipliné, où très peu d'éléments offrent des irrégularités, plus sensibles à l'écriture qu'à la prononciation. Au *deuxième groupe*, les verbes sont dix fois moins nombreux, et leur infinitif se termine en *ir*. Là aussi, tu n'auras qu'à conjuguer *finir* pour manœuvrer tous les autres comme fleurir, grossir, rougir…

Lui

Possible, si y en a qu'un à savoir pour en savoir des mille et des mille…

Moi

Les verbes du *troisième groupe* sont plus farceurs, ils se contorsionnent chacun dans leur coin, exigent beaucoup de faveurs, font les malins, les fantaisistes ou les rebelles, mais rassure-toi, ces tracassiers sont à peine cent cinquante.

Lui

Quand même !

Moi

Ils te feront souffrir parce qu'ils ne s'alignent sur aucun modèle, ces individualistes. Ils ont néanmoins un signe de reconnaissance : l'infinitif de la plupart se termine en *re*, comme attendre ou comprendre, et une petite trentaine en *ir* ou *oir*, comme vouloir, recevoir, mourir… Capturons ce dernier verbe qui n'en fait qu'à sa tête : on ne peut même pas se fier à sa racine, puisqu'elle aussi se modifie quand on le conjugue. *Je meurs* à l'indicatif présent donne *je mourrai* au futur et *mort* au participe passé. Ne demeure de l'infinitif que la lettre m, ce qui est mince.

Lui

C'est des coups à rafler des mauvaises notes…

Moi

Tu devras domestiquer ces verbes sauvages au fur et à mesure, au gré de tes besoins ou de tes rencontres, car ils s'emploient aussi fréquemment que ceux des autres groupes plus dociles, mais changeons de registre, avançons dans l'histoire très riche des verbes. Laisse-moi te présenter les *auxiliaires*. Le mot vient du latin *auxilium*, secours. Le verbe auxiliaire est celui qui aide à former les temps composés des autres verbes.

Lui

Allons bon ! J'croyais qu'on avait vu les temps, et y en a encore un que tu m'as caché ?

Moi

En posant ta question, tu viens d'employer deux temps composés, « on avait vu » et « tu m'as caché ».

Lui

C'est quand y a deux verbes à la fois ?

Moi

Tu n'es pas loin de la vérité. À propos du verbe chanter, tout à l'heure, je t'ai tracé les grandes lignes des conjugaisons, mais je ne me suis pas attardé, j'ai mis en scène le passé à titre d'exemple, avec l'imparfait qui installe un récit dans le temps, le passé simple qui intervient pour donner une impression d'instantané. J'ai mentionné tout juste le passé composé, le plus-que-parfait, elle a chanté, nous avions chanté… Ces derniers se composent du verbe principal, au participe passé, chanté, et d'un auxiliaire. L'auxiliaire c'est l'adjoint, l'assistant. On parle d'un greffier ou d'un huissier comme des « auxiliaires de justice », parce qu'ils assistent le juge dans son travail. Même topo pour les verbes. L'auxiliaire aide à composer un temps. Ils ne sont pas nombreux, presque toujours les mêmes, sortis des verbes avoir et être. Verbes autonomes ou auxiliaires, ils déterminent la tournure active ou passive de la phrase. *Avoir* équivaut à posséder, obtenir, éprouver : « J'ai faim », « Saïd aura deux euros s'il est premier en français ». Être c'est exister, affirmer une réalité : « Érik est blond », « Milana est tchétchène et les policiers vont venir l'arrêter à la sortie de l'école ».

Lui

Passif, actif, je vois pas trop…

Moi

Le français est une langue active, directe, qui n'aime pas les surcharges et les fioritures. La forme passive est principalement utilisée dans les pays anglo-saxons. L'autre jour, j'ai écouté un discours politique où l'orateur disait pour se vanter : « Je suis regardé avec beaucoup d'intérêt par les capitales européennes. » Style pesant et besogneux, passif, lorsqu'en français fluide on devrait dire : « Les capitales européennes me regardent avec beaucoup d'intérêt. » Tu me suis ?

Lui

Le verbe être il est plus lourd.

Moi

On peut souvent s'en passer, et la phrase s'en porte mieux, mais il reste omniprésent, comme son complice avoir. Auxiliaires, ils sont partout. Le verbe avoir est même son propre auxiliaire, « J'*ai eu* une récompense », et celui de son compère le verbe être, « J'*ai été* battu aux échecs à plate couture ».

Lui

Pour dire que je reviens de la pêche avec mon épuisette que t'as achetée, je dis « Je *suis été* pêcher les crevettes »...

Moi

J'*ai été*, ou je *suis allé*. Des verbes se composent avec avoir, d'autres avec être. Une fois encore, l'usage établit sa loi sans raisons évidentes.

Lui

Zut ! Comment que j'me dépatouille avec ça ?

Moi

L'usage s'apprend à l'usage.

Lui

Facile à dire !

Moi

Pas difficile à appliquer.

Lui

M'empoisonnent, tes auxiliaires.

Moi

Il faut que tu t'habitues à les fréquenter, ils se cachent dans chacune de tes phrases, ou presque.

Lui

D'accord si y'en a que deux, mais ils changent sans arrêt de déguisement…

Moi

Ils sont en réalité plus nombreux qu'être et avoir ; d'autres auxiliaires d'occasion vivotent dans nos discours : aller, venir, devoir, pouvoir, faire, qu'on utilise devant un infinitif pour dérouter légèrement le sens initial. En regardant des nuages sombres qui se groupent dans le ciel, tu diras : « Il *pourrait* bien pleuvoir. » Et ton ami Kevin, il ne joue plus avec toi ? Tu répondras : « Il *vient* de partir » pour souligner la proximité de l'action. Ton portable sonne, juste à l'heure du déjeuner, tu prends la communication et, pour ne pas risquer de manger froid l'osso buco qui fume, tu diras : « Rappelle-moi plus tard, j'*allais passer* à table. » Que vois-tu d'insurmontable dans ces petites facilités de langage ? Les auxiliaires n'existent que pour t'aider à ciseler tes paroles, non pour t'embarrasser. Allez, prolonge les principes simples que je t'ai livrés en inventant des situations et les phrases qui les restituent. Pour l'heure, je t'épargne tout un éventail de nuances et de procédés, les verbes transitifs ou intransitifs, les défectifs et autres babioles de construction que tu étudieras le temps venu.

D'ailleurs, tu comprendras mieux le fonctionnement du verbe après la leçon suivante, où je vais tenter de te dévoiler le squelette articulé qui fait tenir debout les phrases, et qui se nomme *syntaxe*.

Résumé

- Une phrase sans verbe ressemble à une voiture sans moteur, puisque ce mot essentiel exprime l'*action* ou l'*état*.
- Nos cinq mille verbes se *conjuguent* : ils s'emploient au présent, au passé et au futur, ils marquent le masculin ou le féminin, le singulier et le pluriel, revêtent chacun une centaine de costumes différents grâce au jeu de leurs terminaisons et à celui des pronoms personnels qui les précèdent.
- Le *mode* d'un verbe nuance l'action ou l'état selon qu'il l'*affirme* ou l'*envisage*.
- Le français est une langue *active*. Dans la plupart des cas, la forme passive ressemble à une mauvaise traduction de l'anglais.

Septième leçon

La syntaxe est éternelle

Moi

Dans son bureau de *France-Soir*, le quotidien populaire qu'il avait mené au triomphe, Pierre Lazareff avait punaisé cet avertissement : « Une phrase se compose d'un sujet, d'un verbe et d'un complément. Pour les adjectifs, me prévenir. Au premier adverbe, vous êtes viré. »

Lui

Mais les adverbes tu me les as appris mardi, et aussi les adjectifs, et tu dis que ça sert à rien et qu'en faut pas !

Moi

Pierre Lazareff mettait ses journalistes en garde. Il leur demandait de parler net pour informer mieux. Il leur réclamait des articles ou des reportages dépouillés d'effets. Pas de coquetteries! Quand il bannit les adverbes, il pense à ceux de manière terminés en *ment*, qui pèsent et dont on peut se passer dans la plupart des cas. Lazareff cherchait la simplicité, l'efficacité dans la clarté car il espérait une large audience. Avec brutalité il définit une *syntaxe* qui propose de mettre en harmonie des idées, des faits, des explications, des récits. Le sens des phrases doit paraître limpide. Je vais reprendre sa formule simplifiée à l'extrême et te montrer de quoi une phrase se compose, quelle est la place des mots, comment tout s'organise autour des verbes.

Lui

Les verbes ça y est, on a vu.

Moi

Leurs diverses défroques, soit, mais pas encore leur fonctionnement dans une phrase complète. Que peuvent-ils sans *sujet* ? Le sujet conduit le mouvement indiqué par le verbe. « La nuit tombe », « Le médecin t'a ausculté »…

Lui

C'est le mot devant le verbe ?

Moi

C'est le chef de la phrase, et par allégeance le verbe s'accorde avec lui. On le débusque sans problème en posant la question « Qui est-ce qui ? » ou « qu'est-ce qui ? » selon que le sujet est une personne ou une chose.

Lui

Le chef peut être une chose, ah ouais ?

Moi

Quand je t'ai dit « La nuit tombe », et que tu demandes qu'est-ce qui tombe ? Tu réponds…

Lui

La nuit, tiens.

Moi

La nuit est un moment de la journée, ce n'est pas une personne, donc c'est une chose même si on ne peut pas la toucher comme un moulin à café ou une paire de lunettes. En grammaire, ce qui n'est pas personne est chose.

Lui

Et ça marche à tous les coups, ton truc avec les questions ?

Moi

À tous les coups, et le sujet peut prendre la forme d'un nom, d'un pronom, même d'un membre de phrase comme : « Ceux qui écoutent en classe ont de meilleures notes que les chahuteurs et les flemmards. » Qui a de bonnes notes ? « Ceux qui écoutent en classe. » Tu vois, le sujet est toujours évident à identifier. Quel est l'autre élément de la formule de Pierre Lazareff ? Tu t'en souviens ?

Lui

Ch'sais plus trop.

Moi

Après le sujet, que tu connais désormais depuis cinq minutes, et le verbe, que tu connais aussi, reste le *complément*.

Lui

Attends ! Dis rien ! Le complément il complète.

Moi

La définition exacte du mot est « ce qui s'ajoute à une chose pour qu'elle soit complète ». Le baba au rhum est le complément de la côte de bœuf : à eux deux ils font un repas. L'action que le verbe affiche passe souvent du sujet qui agit à une chose qui en est l'objet. On le nomme alors complément d'objet. Il peut être un nom ou un mot employé comme tel, infinitif, pronom, tronçon de phrase. On le déniche en posant la question *qui* ou *quoi* après le verbe. « Ils voulaient partir » : ils voulaient quoi ? Partir. L'infinitif est ici le complément d'objet. Dans « Il trouvait son dessin réussi », il trouvait quoi ? Ça y est, ça te rentre dans le ciboulot ?

Lui

« Son dessin réussi », c'est un bout d'phrase, ton complément.

Moi

Le complément d'objet *direct*, qui exprime l'objet de l'action, oui, mais il y a également le complément d'objet *indirect*.

Lui

Ça complique grave !

Moi

Pas de quoi te trémousser, petit zappeur : un peu de bon sens te suffira. Le direct est collé directement au verbe. L'indirect, comme son nom le dit, y est rattaché par un intermédiaire, la *préposition*, petit mot invariable qui introduit le complément, comme si, au lieu d'ouvrir la porte tout seul, un domestique te l'ouvrait. Il existe une trentaine de prépositions très courantes : à, de, dans, vers, chez, comme, avec…

Lui

Y'a encore des questions pour pas s'perdre ?

Moi

Les mêmes questions, mais agrémentées de ces prépositions : *à qui* ? *à quoi* ? *de qui* ? *de quoi* ? « Louise rêvait aux vacances. » Elle rêvait à quoi ? Aux vacances est un complément indirect. Direct et indirect, les deux compléments d'objet coexistent quelquefois dans une même phrase : « Pour s'acheter des bonbons chimiques et fluo, il a vendu son goûter à Martin. » Il a vendu quoi ? Son goûter. Il l'a vendu à qui ? À Martin.

Lui

« Je suis allé chez Mamy », Mamy est complément d'objet, si j'te crois, mais les questions elles collent pas. J'peux pas dire : « Je suis allé qui ? »

Moi

Il existe une palette de compléments dits *circonstanciels*, parce qu'ils rendent compte des circonstances dans lesquelles une action se réalise ou un état se produit. La plupart indirects, ils désignent un lieu, le temps, la manière, la cause, le moyen, le prix… Ils répondent à des questions adaptées à leur cas, et qui te permettent de les nommer. Tu es allé où ? Chez Mamy. C'est un lieu. Quand ? Ce sera le temps. Comment ? La manière. Combien ? Le prix, etc.

Lui

Tu les poses après le verbe, tes questions ?

Moi

Comme pour les autres compléments, mais ces circonstanciels sont plus mobiles, tu peux les disposer à ta guise dans la phrase.

Lui

N'importe où ?

Moi

Partout, je te dis, si la phrase conserve un équilibre. « Chaque soir, le soleil se couche sur la mer. » Le soleil se couche *où* ? Sur la mer. *Quand* ? Chaque soir. Tu as deux compléments circonstanciels, l'un de lieu et l'autre de temps, mais ils ne restent pas figés au garde-à-vous, tu peux les bouger dans ta phrase : « Le soleil se couche chaque soir sur la mer », ou « Sur la mer, chaque soir, le soleil se couche », ou encore « Sur la mer, le soleil se couche chaque soir ».

Lui

Un jeu de construction, alors.

Moi

Voilà ! Et le trio sujet-verbe-complément se réunit pour former une unité : la *proposition*.

Lui

Les petits mots qui bougent jamais ?

Moi

Tu confonds. Ouvre mieux tes oreilles. Je n'ai pas dit la *pré*position mais la *pro*position, soit un groupe de mots liés au verbe par leur sens. C'est une phrase simple : « Je pêche des crevettes », ou un élément d'une phrase plus complète qu'on peut décortiquer en plusieurs unités : « Je pêche des crevettes que je vais cuire avec du gros sel, du laurier et quelques gouttes de Tabasco. »

Lui

T'as toujours le même trio.

Moi

Si tu exprimes une action, oui, tu solidarises le groupe sujet-verbe-complément. Si tu exprimes un état, avec le verbe être ou d'autres comme paraître, sembler, demeurer, tu obtiens un groupe du même genre mais le complément disparaît au profit de l'*attribut*, souvent adjectif, qui s'accorde avec le sujet. « Les crevettes sont excellentes. » Excellentes est un état, pas une action. Ça va ?

Lui

J'crois, mais quand ta phrase elle est longue, tu accroches les bouts comme des wagons ?

Moi

Ça y ressemble. Les cheminots attachent la locomotive et les wagons avec des crochets, eh bien il en va de même avec le train de la phrase : il faut des crochets pour tenir ensemble les propositions ; ce sont les *conjonctions*, les *pronoms relatifs* et même la *ponctuation*, qui donne le rythme.

Lui

Pas tout en même temps !

Moi

Parmi les crochets et les outils qui vont t'aider à tenir les mots ensemble, tu vas trouver deux espèces de conjonctions. Je commence par la plus facile, la *conjonction de coordination*. Conjonction signifie joindre ensemble, lier, et coordination coordonner, agencer, mettre en liaison. Lorsque j'étais à l'école, nous apprenions les plus fréquentes de ces conjonctions au moyen d'une question rigolote : « Mais où est donc Ornicar ? »

Lui

Ornicar…

Moi

C'était une formule pour rassembler en une seule phrase *mais, ou, et, donc, or, ni, car*, qui impliquent des idées d'addition, de cause, de conséquence, d'opposition…

Lui

S'opposer c'est se bagarrer, mais dans la grammaire qui s'oppose à quoi ?

Moi

Les propositions entre elles : « Tu prétends adorer cette leçon *mais* je n'en crois pas un mot. » Le *mais* oppose deux propositions, ton affirmation et ma crédulité. On peut rajouter une cause : « Je n'en crois pas un mot *car* tu regardes par la fenêtre comme si tu avais envie de t'enfuir. » Ces coordinations si pratiques accrochent des idées différentes pour forger une phrase, comme plusieurs wagons d'un même train roulent sur les mêmes rails dans la même direction… Tu veux vraiment sortir ?

Lui

Non non, vas-y.

Moi

Je voulais te présenter l'autre espèce de conjonctions, dites de *subordination*. Un subordonné, tu sais ce que c'est ?

Lui

Pas trop je sais.

Moi

La subordination suppose une hiérarchie. Un subordonné c'est quelqu'un qui dépend d'un supérieur, qui a moins de pouvoir, qui doit obéir. Il y a une idée d'infériorité. Cela arrive dans les entreprises comme chez les propositions : réunies en phrases on y rencontre des *principales*, qui gouvernent, et des *subordonnées* qui tiennent un rôle subalterne. Les deux sont nécessaires.

Lui

La maîtresse à l'école elle est plus principale que le surveillant qu'est plus principal que Monsieur Antoine en blouse grise qui balaie la cour quand y a des feuilles ou des papiers de goûters.

Moi

Exact. Cette hiérarchie dans la vie se reproduit dans nos phrases, et se signale par les conjonctions de subordination. « Tu attends avec impatience *que* je te libère. » Tu attends quoi ? *Que* se retrouve avec le grade de complément d'objet direct. Ces conjonctions se comportent en fait comme leurs sœurs de coordination, elles indiquent le temps, la cause, le but, l'opposition avec *lorsque, puisque, comme, quoique*... « Tu dois rentrer à la maison *dès que* la nuit tombe » évolue dans le temps.

Lui

C'est pareil et pas pareil, les conjonctions qui relient...

Moi

Les unes coordonnent, les autres subordonnent. La nuance est de taille, même si elles se comportent toutes selon les circonstances énoncées dans la phrase.

Lui

Grave mal au crâne !

Moi

Tant pis, je continue avec les *pronoms relatifs* qu'il n'est pas question d'oublier. Tout cela est sans doute un peu compliqué au premier abord, mais à y regarder de près tu trouveras une logique. Ces pronoms, à la différence des conjonctions, ne se rapportent pas au verbe de la proposition principale mais ils établissent une *relation*, d'où leur appellation de relatifs, avec un nom ou un autre pronom : « Tu regardes les mouettes *qui* se posent en rangs serrés sur le toit. » Qui est-ce qui se pose sur le toit ?

Lui

Ben les mouettes, tu viens d'le dire.

Moi

Et la question « qui est-ce qui ? » introduit le sujet, soit les mouettes et le relatif qui les représente. *Qui* est sujet, *que* complément d'objet direct, *quoi* indirect, *où* avec un accent grave évoque le lieu : « C'est la boutique de vidéo *où* j'ai promis de t'emmener. » Certains relatifs sont composés, comme *lequel, duquel*, avec leurs féminins et leurs pluriels, *laquelle, lesquels*…

Lui

Y servent à quoi ceux-là ?

Moi

À répondre à d'autres questions qui découlent du verbe, *de qui* ? *de quoi* ? *à qui* ? Sous peine de passer pour un plouc, tu ne diras pas « Le type que je te parle », parce que parler quoi ? Français, catalan, breton, anglais, mais sûrement pas type. La vraie question est : « Je parle *de qui* ? — D'un type. » Pour ne pas s'emmêler entre les compléments directs et les indirects, tu dois donc dire « Le type *duquel* je te parle », ou mieux, en remplaçant le composé balourd par un pronom relatif plus chic et svelte : « Le type *dont* je te parle. » Ta cervelle est en surchauffe ?

Lui

P't'être…

Moi

Du courage, que diable ! Nous n'allons pas abandonner en cours de route. Comme je te connais, tu te lanceras un jour dans le bricolage pour imiter ton père, alors tu devras reconnaître les outils qu'il entasse dans sa grosse boîte verte en métal, les pinces, les scies, le marteau, les clous, les chevilles. Il ne faut pas te tromper. Tu ne vas pas prendre une tenaille pour enfoncer un clou dans le mur, ni un tournevis plat pour une vis cruciforme. La syntaxe est concrète. Elle t'offre une trousse à outils pour assembler les mots. Cela te permet de mettre de l'ordre dans ta tête et d'être compris par les autres. Il ne faut pas que le train de ta phrase déraille, sinon c'est l'accident, un incompréhensible bredouillis.

Lui

J'les trouve où, tes outils ?

Moi

Mais nous venons d'en parler longuement : conjonctions, pronoms, ils figurent tous dans la grammaire, bien alignés dans des tableaux que tu vas consulter. Après tu t'exerceras à les repérer dans des textes, puis tu t'en serviras dans tes propres phrases en veillant à ce qu'un parfait accord règne entre eux : si tes propositions boitent, se chamaillent, se décrochent ou se sentent mal, personne ne te comprendra.

Lui

J'ai entendu qu't'as dit le mot accord, mais c'est quoi dans tes outils qui sont pas des vrais outils qu'on tient à la main ?

Moi

Les mots se répondent et chantent en chœur : un mauvais accord entre eux s'apparente à une fausse note. Chasse les couacs de tes phrases ; quand tu écris, débrouille-toi pour que je saisisse à la lecture, et d'un coup d'œil, comment les mots s'associent. Le participe passé, tiens.

Lui

On l'a déjà vu avec les verbes et les aussiliaires.

Moi

Tu n'as pas oublié les auxiliaires ? Parfait. Voyons aujourd'hui les participes passés dans des phrases construites, puisqu'ils dépendent souvent des pronoms que je viens juste de te présenter. Quels sont les principaux auxiliaires ?

Lui

Le verbe être et le verbe avoir. Facile !

Moi

Avec le verbe être, tu n'auras pas la moindre difficulté. Le participe passé s'accorde en genre et en nombre avec le sujet. Presque toujours. « En faisant des singeries pour cueillir des cerises, les deux fillettes sont *tombées* de l'échelle. » Qui est-ce qui est tombé ? Les deux fillettes. Le participe s'accorde donc au féminin pluriel. « Une bonne note est *récompensée.* » Qu'est-ce qui est récompensé ? Une bonne note. Avec le verbe avoir, il faudra que tu te plies à une gymnastique plus complexe, mais je te délivre la méthode imparable qui t'évitera de sottes erreurs ; elle tient en une seule formule : le participe passé qui suit le verbe avoir s'accorde avec le complément direct si celui-ci est placé *avant* le verbe.

Lui

Dis-en plus, je vois mal.

Moi

Si je te dis : « Viens voir les rosiers que nous avons plantés », le participe s'accorde avec le complément. Nous avons planté quoi ? Les rosiers, représentés par le pronom *que*, complément direct placé *avant* « nous avons plantés ». Si je t'avais dit : « Les assiettes que tu as cassées », ce serait la même chose. Tu as cassé quoi ? Les assiettes. Tu accordes le participe de casser puisque le complément est avant. Autre exemple ? « La musique que j'ai aimée. » J'ai aimé quoi ? La musique. Le pronom est avant le verbe, aimée s'accorde au féminin singulier. C'est mécanique.

Lui

Si le complément est après, on touche à rien ?

Moi

À rien. Le participe reste invariable, comme dans « J'ai visité la ville ». J'ai visité quoi ? La ville. Ville est au féminin mais c'est un complément placé *après* le verbe. Il en irait autrement avec « La ville que j'ai visitée ». J'ai visité quoi ? La ville, mais ce complément est placé *avant*, donc le participe s'accorde.

Lui

Si y a pas d'complément ?

Moi

Invariable ! « Les enfants ont travaillé toute la matinée », ou « Mes rosiers ont gelé ». Applique bêtement la règle et tu ne te tromperas jamais… Bon, je pense que ça suffit pour l'instant, je laisse de côté les difficultés plus rares et plus pointues que tu résoudras au cas par cas, en écrivant et en parlant. Concentre-toi déjà sur cette rude leçon, mais je voudrais conclure sur ces signes cabalistiques qui impriment aux phrases le rythme de nos voix, la *ponctuation*, si maltraitée, qu'on méprise parfois, qu'on néglige souvent, qu'on jette dans les pages au petit bonheur.

Lui

Pourquoi les gens s'en fichent, de tes signes ?

Moi

C'est sans doute à cause des mauvais présentateurs de journaux télévisés. Ils recourent à un appareil infernal, le prompteur. Tu crois qu'ils te regardent dans les yeux ? Pas une seconde. Ils lisent leur texte qui défile en grosses lettres sur un petit écran. Comme les lignes sont brèves, ces pauvres gens finissent par hacher leurs phrases au gré des lignes. Au lieu d'annoncer d'une voix normale : « Il faut insister : que les automobilistes n'oublient pas de lever le pied », ils découpent leurs mots en fonction des lignes : « Il faut insister. Que les automobilistes. N'oublient pas de. Lever le pied. »

Lui

Moi j'comprends quand même.

Moi

Jetés sans ton, secs et sans vie, les mots engourdissent. Ces phrases passées à la moulinette ressemblent à mille autres. Mal ponctuées, dépourvues d'expression, elles vident l'information de son sens et permettent de ranger sur un même plan un typhon, un mariage people ou la fermeture d'une usine. Souviens-toi, quand tu commençais à lire, tu déchiffrais « Le Petit Chaperon rouge » au mot à mot, tu reproduisais les sons, tu les alignais d'une voix monocorde comme si tu ne pigeais rien à l'histoire. La virgule, le point-virgule, le point transforment un texte en partition pour que tu l'interprètes avec intelligence et justesse. Ils t'indiquent les endroits où la voix doit marquer une pause, légère avec la virgule, plus soutenue avec le point-virgule, franche avec le point qui achève chaque phrase. Pour t'exercer, voici une phrase ponctuée que tu vas lire en marquant des arrêts à chaque signe de ponctuation : « Les banlieusards criaient des slogans, montraient le poing, agitaient des banderoles ; les policiers ne bougeaient toujours pas : ils attendaient des ordres. »

Lui

T'as mis deux points l'un au-dessus de l'autre, dans ta phrase à lire, après « toujours pas »...

Moi

Et toi tu termines ta phrase par trois points pour la laisser dans le vague, comme si elle n'était pas finie. Mes deux points annoncent ici une explication qui mérite un changement de ton dans la voix du lecteur. « Paolo était nerveux : ce matin, il allait jouer un match important. » Ailleurs, les deux-points peuvent introduire un dialogue, une énumération, une citation.

Lui

C'est pour qu'on s'perde pas, comme un signe de piste qui dit de tourner à gauche ou de grimper le chemin.

Moi

Vrai. Charles Aznavour a écrit huit cents chansons, il connaît les vertus de la diction. Il sait que, si la ponctuation nous guide, elle peut aussi nous éclairer; il l'a dit : « Une virgule déplacée, et vous inversez le sens d'une phrase. » Je te le démontre. « Le poète chante la nuit » signifie que ce faiseur de ritournelles célèbre la nuit. Si tu postes une virgule, comme ça, après le verbe, tu obtiens : « Le poète chante, la nuit. » Pour chanter, il réveille ses voisins, ou bien il travaille mieux quand les autres dorment. À cause d'une misérable virgule, tu changes complètement le sens de ta phrase.

Lui

Les autres signes aussi y changent tout ?

Moi

Les autres sont plus calmes ou plus rigides. Les parenthèses servent à intercaler une remarque, un point de vue dans une phrase déjà complète : « Cette leçon (l'une des plus difficiles de ce livre), elle te profitera quand tu la reliras pour méditer sur la syntaxe. »

Lui

C'est utile ?

Moi

On peut les supprimer sans modifier le sens général, mais elles ont un petit rien de piquant, un air de confidence, un ton de conversation qui nous prend à témoin. Le point d'interrogation, lui, est obligatoire.

Lui

On dirait la fausse main du capitaine Crochet mais à l'envers.

Moi

Il appuie une question, sans équivoque, ce qui n'est pas le cas des guillemets, qu'on utilise désormais à tort et à travers. En principe, ils ouvrent et referment un texte, pour baliser une citation. Tu reprends les propos d'un autre, dont tu as besoin pour ta démonstration, et tu veux éviter qu'on te les attribue. Là, les guillemets sont commodes. Ils peuvent aussi délimiter un dialogue, dont chaque réplique est isolée par des tirets. Leur dernier usage est soufflant, permanent, pénible : ils sont devenus un tic de langage. Tu emploies un mot, tu le mets en doute aussitôt, tu l'habilles de guillemets : « Je veux dire cela mais je ne veux pas vraiment dire cela. » Ainsi, on parlera d'un animateur « vedette » de la télévision. Les guillemets sèment le trouble. Vedette ou pas vedette ? Fausse vedette ? Pourquoi diable ? Affreuse manie, on rajoute à l'oral l'expression *entre guillemets*. Admettons que le ministre de l'Intérieur se rende dans le métro pour constater les dégâts provoqués dans la nuit par une bande de furieux. On dira : « Le ministre a pris entre guillemets le métro. » L'a-t-il pris ou non ? Il l'a pris sans le prendre. À moi, le flou ! On aurait pu dire que le ministre est *descendu* dans le métro, qu'il l'a *inspecté*, qu'il y a *rencontré* des usagers ou des agents de sécurité, qu'il a *visité*, non non, il a pris le métro entre guillemets. Et tu entends cette idiotie cent fois par jour, partout, dans la bouche de tout le monde comme un symptôme d'indigence !

Lui

Je l'dirai pas !

Moi

Avec ce point d'exclamation tu renforces ta décision, tu hausses le ton. Tu peux même te servir d'un lot d'*interjections*, des cris qu'on emploie en dehors des phrases normalement constituées, qui expriment la joie, la douleur, la colère, la surprise, la peur, le dégoût, tout un flot d'émotions : Ah !

Aïe ! Ouf ! Pouah ! Paf ! Hélas ! Chut ! Crac ! Bah !
Oh ! Peste ! Quoi ! Gare ! Bon ! Allons !

Lui

Zut !

Le garnement se lève et il part en courant.

Résumé

• La phrase la plus dépouillée se compose d'un *sujet*, d'un *verbe* et d'un *complément*. Chaque mot se définit par une question qu'on pose après le verbe : qui est-ce qui ? ou qu'est-ce qui ? pour le sujet, qui ? ou quoi ? pour le complément.

• Les compléments peuvent être *directs, indirects* ou de *circonstance*.

• Une phrase longue se découpe en *propositions* qui dépendent les unes des autres. Principale et subordonnées, elles sont reliées entre elles par des *conjonctions* ou des *pronoms relatifs*.

• Pour vivre en harmonie, les mots s'accordent. Le plus célèbre des accords est celui du participe passé avec l'auxiliaire avoir : pour bien l'appliquer, il suffit d'en apprendre par cœur la règle.

• Souvent considérés comme des guirlandes sur un arbre de Noël, les signes de *ponctuation* donnent le rythme et précisent le sens : ils font respirer les phrases.

Huitième leçon

Lecture, mon beau souci

Moi

Maintenant, tu sais comment les mots se combinent et vivent en bonne entente. Le principal reste devant toi : pour acquérir une langue vive, tu vas lire sans relâche.

Lui

Tu radotes ! Tu veux toujours que j'lis mais quoi ?

Moi

Des livres, bourrique ! Il te faut des modèles et je t'en proposerai chez des écrivains à ta portée. Il vaut mieux plonger dans le *Poil de carotte* de Jules Renard que dans *Voici*. La lecture est nécessaire pour ne pas se transformer en légume ; c'est surtout un plaisir.

Lui

Ma console Nintendo c'est plus amusant, quand même, je peux choisir mes personnages à faire bouger, quand y s'tapent dessus ou qu'essaient de sortir de la maison en feu, et j'peux lire aussi sur l'écran comment je fais. Tes livres ils sont morts, ils bougent pas, ils sont pas terribles à regarder…

Moi

On dit de tes jeux vidéo qu'ils sont interactifs parce que tu interviens, pour te persuader que tu y tiens toi-même un rôle déterminant, que tu décides du cours de l'action, en fait tu te contentes de marquer ou non des points. Voilà bien un leurre. Tu entres dans un programme déjà fixé par d'autres, tu n'as que l'impression de guider les événements et ça te flatte. Le plus interactif des médias, peut-être le seul, c'est le roman.

Un roman, c'est un bloc rectangulaire de feuilles blanches couvertes de signes noirs. Tu peux l'emmener partout. Il ne pèse pas lourd, il entre souvent dans ta poche, il ne coûte pas cher, tu n'auras pas besoin de batterie, de piles, de prise de courant, d'antenne, d'abonnement à un réseau. Il ne tombera jamais en panne. Pourtant, il contient des aventures et des réflexions, des images, des sons, des mouvements de foule, du spectaculaire, du savoir, de la peur et des rires. L'auteur t'indique le chemin à suivre, comme sur les sentiers de grande randonnée, et il cherche à t'emmener, mais c'est au lecteur d'effectuer la moitié de ce chemin, car son imagination seule va animer le livre.

Lui

Si c'est trop long, moi je m'endors…

Moi

Indécrottable paresseux ! Lance-toi. Fabrique toi-même ton récit, tes aventures, tes héros qu'aucune image préexistante ne t'impose. La première fois que j'ai vu *Le Chien des Baskerville* au cinéma, j'ai été affreusement déçu : je ne retrouvais pas le Sherlock Holmes que je m'étais fabriqué avec les mots de Conan Doyle. Le comédien n'était qu'un imposteur, trop petit, pas assez foldingue, pas assez maigre, il me troublait et sonnait faux. Sherlock Holmes, je lui avais inventé une allure, une voix, c'était un familier, je savais ses manies, ses humeurs, ses méthodes, j'avais visité cent fois cet appartement qu'il louait avec le docteur Watson revenu des Indes, au 221 *bis* Baker Street, à Londres ; je connaissais Mrs. Hudson, sa logeuse, et tous ses visiteurs. Sa représentation forcée ne coïncidait pas avec la mienne, qu'elle cassait. C'était *mon* Sherlock Holmes qu'on dénaturait, celui qui ne ressemblait à aucun autre, que je rangeais dans mes souvenirs comme un proche. Les mots sont plus forts que les images, j'allais même dire plus visuels, plus charnels en tout cas, plus vifs, plus colorés. Avec mon Sherlock Holmes, je menais des enquêtes et courais des dangers invraisemblables, mais à ses côtés je ne craignais rien, même quand il m'entraînait dans la terrifiante lande de Dartmoor où hurlait un chien géant. Au cinéma, je devenais passif. Mon imagination ? Elle ne jouait plus aucun rôle, remplacée par la digestion. Il est très rare qu'un film soit égal en qualité au livre dont il s'inspire. Je connais peu d'exceptions, tant la mise en images amoindrit un texte. Voilà pourquoi les cinéastes préfèrent adapter des romans faibles, plus malléables, dont ils ne conservent que le sujet pour le tripatouiller dans leur sens. Un livre classique donnera souvent un résultat médiocre.

Lui

Quand elle a vu à la télé des feuilletons pleins de gens en vieux costumes, l'autre soir, pour voir s'ils étaient ressemblants, ma mère elle a acheté des livres de mon passant…

Moi

Maupassant. Tu le liras. Il connaissait à merveille cette côte normande où tu viens en vacances, et tu la retrouveras dans ses mots. S'il vivait au milieu d'un autre siècle, il avait pressenti que les nouvelles ou les romans relevaient d'un genre *multimédia*, comme on dit aujourd'hui. Il le notait dans *Le Figaro* du 3 juillet 1884 : « L'artiste sait qu'avec des mots on peut rendre visibles les choses comme avec des couleurs ; il sait qu'ils ont des tons, des lumières, des ombres, des notes, des mouvements, des odeurs, que, destinés à raconter tout ce qui est, ils sont tout, musique, peinture, pensée, en même temps qu'ils peuvent tout. »

Lui

J'ai du mal à percuter…

Moi

Prends ce volume, là, sur l'étagère. C'est ça. *L'Île au trésor*. Ouvre-le ; dès le début de son roman, Stevenson t'envoie sur une côte sauvage de l'Angleterre, non loin de Bristol. Il y a une auberge au toit de chaume, L'Amiral-Benbow, posée comme un crabe au bord des falaises. La nuit tombe et le vent souffle, le paysage est sinistre, tu pousses la porte. Aussitôt l'aventure vient à ta rencontre, qui va t'emporter au large de Caracas avec des flibustiers. Tu auras peur de Long John Silver mais tu n'oublieras jamais plus sa jambe de bois et son perroquet sur l'épaule… Attrape cet autre livre, oui, *Typhon*, un autre voyage que te propose Conrad en mer de Chine ; il te fera courir des dangers ; vautré sur ce canapé tu auras le mal de mer sous la bourrasque…

Lui

Et j'vais vivre tout ça ?

Moi

Puisque je te le dis. Et en relief, grâce à ta propre imagination. Tu peux y arriver si tu acceptes de rester assis en tournant des pages, puis en ayant envie de les tourner pour connaître la suite du voyage. Moi j'ai de la chance. J'appartiens à la dernière génération qui a eu une enfance sans télévision, et nos imaginations gamines se développaient à l'aise, sans parasites. Nous avions domestiqué les mots très tôt, et ils savaient nous transporter dans les sensations. La télévision s'est développée plus tard pour s'emparer des cerveaux en formation et bien souvent les laisser pantelants. Si tu voyais ta tête quand tu regardes pour la centième fois le même dessin animé de la Panthère rose ! Les yeux ronds, la bouche ouverte, figé sur ta chaise, en hypnose et sans réflexes. Je pourrais faire tirer le canon, tu ne l'entendrais pas.

Lui

T'aimes rien quand c'est moderne ! T'en dis toujours du mal…

Moi

Où vas-tu chercher ça ? Simplement, quand tout s'accélère et se morcelle, il vaut mieux ralentir, respirer, échapper à la tornade pour se préserver. Il existe un bon usage de l'électronique, il faut s'en servir, soit, mais qu'elle ne se serve pas de nous en chamboulant nos vies. Moi aussi j'ai un portable. Il est tout le temps débranché, je ne m'en sers que pour téléphoner et consulter les messages : à moi de rappeler ou non, n'importe quand et de n'importe où. C'est très pratique. Je ne veux pas qu'il me sonne dans la poche et me dérange quand je suis au calme.

Lui

Quand t'avais mon âge, tu faisais que lire ? Tu voyais jamais des films ?

Moi

Si, bien sûr, à une différence près : je ne voyais pas de films, j'allais au cinéma. Enfants, nous regardions les photos du film, dehors, et puis nous faisions la queue devant les caisses pour ne pas manquer la séance. C'était une décision, une fête, une cérémonie. Les écrans étaient géants, le cinéma nous enveloppait d'images, de paroles et de musique, nous en sortions rêveurs. À quoi ressemble, dis-moi, la course de chars de *Ben Hur* sur un écran large comme un cadran de montre ? Une bataille de fourmis ? Où est l'enchantement ? Comme toi, je venais en vacances ici. Nous nous retrouvions chaque année, toute une bande, et nous grandissions ensemble. En juillet, nous guettions les nuages : si le temps virait à la pluie il y avait du cinéma à la salle des fêtes de la mairie. Je bénis les étés pourris qui m'ont permis de voir tant de films, des sublimes et des nanars ineffaçables, *Les Contrebandiers de Moonfleet, Quo vadis ?, Le train sifflera trois fois* aussi bien que *Le Tsarevitch* avec Luis Mariano ou *La Fiancée de papa* avec la jeune Brigitte Bardot qui portait des lunettes et des nattes brunes. C'était « La dernière séance » que chante Eddy Mitchell, c'était le *Cinéma Paradiso* où Philippe Noiret interprète un projectionniste, et le projectionniste je le connaissais bien, il s'appelait également Philippe, et nous avions le droit de monter dans sa cabine quand il rangeait les bobines de film dans des grosses boîtes en métal. Je lui dois un peu ma vocation de saltimbanque… Depuis, la télévision a mangé le cinéma comme Internet mangera la télévision. Une magie a disparu. Pour toi, les chocs remplacent déjà les émotions.

Lui

Quand je serai plus grand, j'irai sur Internet et j'en connaîtrai plus que toi, des choses.

Moi

Sans doute, mais ta mémoire dépérira. Tu l'auras confiée aux machines.

Lui

Pfft ! J'pourrai communiquer avec des gens du monde entier et j'm'en ferai des copains partout !

Moi

Tu parles comme un croyant. Comment es-tu certain que le jeune Chinois de Shanghai qui t'adresse des messages dans un anglais balbutiant n'est pas la vieille grincheuse que tu croises dans l'ascenseur de ton immeuble ? Il t'a envoyé sa photo sur ton écran ? Et alors ? N'importe qui peut t'envoyer n'importe quelle photo en ajoutant : c'est moi. Tu vas naviguer parmi les ombres. Il n'y a plus d'information vérifiée quand il y en a trop, sans cesse, sans source, sans preuves. À vingt-deux siècles de nous, un Romain qu'on surnommait Cicéron (parce que *cicero*, en latin, veut dire pois chiche et qu'il avait une verrue sur le nez) avait eu cette vision terrible de notre avenir : « Si nous sommes contraints, à chaque heure, de regarder et d'écouter d'horribles événements, un flux constant d'impressions affreuses privera même le plus délicat d'entre nous de tout respect pour l'humanité. »

Lui

J'suis pas obligé d'écouter sans arrêt.

Moi

Tu n'as plus guère le choix. Les images te traquent, les sons t'assiègent. Tu marches avec des écouteurs dans les oreilles. Le monde électronique nous façonne. Le premier observateur des médias, professeur de littérature à Toronto, l'avait prédit au milieu du siècle dernier ; ce Marshall McLuhan était un rude malin : « La télévision, disait-il, va dissoudre la trame de la vie sociale dans un très court laps de temps. Si vous arrivez à comprendre sa dynamique, vous vous rendez compte qu'il n'y a pas d'autre choix que de l'éliminer dans les délais les plus brefs. La télévision bouleverse la vie psychique et la vie sensorielle. » Le bougre voyait loin mais nous l'avons compris de travers, en extase devant les prouesses de la technique. La mécanique s'est emballée.

Lui

Qu'est-ce que ça peut faire ?

Moi

Nous pensions que les techniques réuniraient notre planète en village et nous applaudissions à cette idée inspirée par les anges. L'unité de la terre nous était promise. Patatras ! McLuhan avait pourtant prévenu : le village planétaire ? Ouch ! La vie dans un village, quelle plaie ! Tout le monde espionne. Un jour, nous sommes partis dans la maison de famille d'un ami d'enfance, en Bourgogne. Le village était mort. Pas un chat dans les rues. Personne aux fenêtres. Nous nous installons dans la cour fermée, sous le saule, pour boire une lumineuse bouteille des Clos 1959 sortie de la cave paternelle. Pas un bruit. Le calme absolu. Soudain la cloche du portail s'agite. Nous allons ouvrir. C'est une voisine souriante qui apporte un gâteau : « J'ai vu que vous étiez là, alors je vous ai tout de suite fait une tarte à la rhubarbe. » Et nous qui pensions passer inaperçus… Dans un village tout se sait. Sur notre nouvelle planète tout se saura, le vrai comme le faux. Nous sommes épiés. Elle était sympathique, cette tarte de la vieille Mariette, mais plutôt inquiétante. Nous sommes poussés à nous cacher, à nous éviter, à nourrir des secrets. Le monde électronique mène à la solitude.

Lui

T'es pas gai…

Moi

J'essaie de comprendre et puis j'ai des nostalgies.

Lui

C'est une maladie ?

Moi

Pour certains, oui. La nostalgie est un sentiment lié au regret. On regrette l'effacement de choses heureuses qu'on a connues et que d'autres choses remplacent, qui nous séduisent moins. J'ai la nostalgie de la conversation, lorsque des amis prenaient leur temps pour échanger de vraies paroles et de vraies histoires, des visions, des jugements nuancés, des questions, sans jamais vouloir convaincre mais pour l'unique plaisir de l'échange.

Lui

Y'a des gens encore qui parlent entre eux !

Moi

La discussion a remplacé la conversation sans but. La discussion hausse le ton et tranche : « Tu as tort et j'ai raison, écoute-moi, pauvre poire ! » Ensuite sont apparus les débats, au bord de l'insulte, avec leur lot de mépris et de mauvaise foi, quand personne ne s'écoute, quand chacun se cabre. Voici désormais la communication, quand on reçoit des informations brutes et qu'on en expédie : elles viennent d'on ne sait qui, elles vont on ne sait où. Les masques parlent aux masques. Tout cela manque de chair et de frissons.

Lui

Pas du tout, mais pas du tout ! Mon copain Fabrice qu'est en Turquie avec ses parents lui aussi au bord de la mer, j'peux lui envoyer un texto qu'il va recevoir tout de suite même s'il est très loin. Je lui parle tout de suite et il m'écoute pareil.

Moi

Je sais. Trois mots rapides comme un signe de la main, je ne dénigre pas, mais cela ne remplacera jamais des phrases réfléchies.

Lui

Pour plus long mon papa il envoie des mails. Hein ? Qu'est-ce t'en dis ?

Moi

J'ai la nostalgie de la correspondance, un genre de littérature intime en voie d'extinction et qu'il faudrait protéger. Correspondre, un joli mot. Il implique une relation entre deux personnes. Tu devrais écrire des lettres et en recevoir – un excellent exercice. Rien d'instantané : des pages écrites et pensées, émouvantes, tristes, drôles, que tu plies dans une enveloppe ; tu colles un timbre, tu glisses ton mot dans une boîte ; ta lettre voyage, elle se trouve un matin dans d'autres mains, on l'ouvre, on la lit. Chacun a le temps et la place pour s'exprimer au mieux.

Lui

Les mails ça va plus vite.

Moi

Si tu manges trop vite, si tu te précipites sur ton assiette comme un chien de chasse sur son écuelle, tu perds le goût des aliments et tu as mal au ventre. Même phénomène avec le courrier électronique, mais ce n'est pas la rapidité des messages qui nous rend malades, c'est leur masse. Des milliards de messages tombent en averse et provoquent des effets pervers. Un effet pervers ? Le résultat négatif qu'on n'avait pas prévu à l'origine. L'électricité, par exemple, cette invention qui nous a changé la vie ; hélas, nous en sommes dépendants. Lors d'une canicule, à Los Angeles, la plupart des habitants ont branché en même temps leurs climatiseurs. Ils étaient si nombreux que le réseau électrique a été saturé : la tour de contrôle de l'aéroport international ne fonctionnait plus. Pour de l'air frais à domicile, des centaines d'avions n'ont pas pu décoller ; imagine les conséquences de cette situation. Avec les mails, l'effet pervers est magistral. Parce qu'on peut correspondre de façon instantanée, on communique davantage. Autrement dit, pour gagner du temps on en perd.

Lui

C'est pas vrai !

Moi

Oh si... Prends le cas d'une entreprise, n'importe laquelle, qu'elle vende des bonbons ou des moteurs. Au lieu de traverser le couloir pour poser une question à un voisin de bureau, les employés s'envoient des mails d'une pièce à l'autre. Leurs ordinateurs s'encombrent de messages inutiles, qu'ils doivent consulter avant de les éliminer. Cela prend combien de temps ? Une heure par jour ? Deux heures ? Plus ? Sur des centaines de messages rédigés à la va-vite, combien sont indispensables ? Combien méritent une réponse ? Ces pauvres gens vissés à leurs écrans, après avoir épluché les mails reçus à leur travail, consultent leurs mails personnels quand ils rentrent chez eux le soir. Et cela dure combien de temps, là encore ? Ils en deviennent souvent accros. S'ils ne reçoivent pas de message pendant vingt minutes ils se retrouvent en manque. Ils ont besoin de leur dose, qui augmente. Aux États-Unis, déjà, une consultante d'entreprise a fondé « Les Mailers anonymes » sur le modèle des « Alcooliques anonymes » : les victimes de l'électronique doivent se désintoxiquer avant de devenir fous. Un analyste chez Yahoo.com, affolé d'user son temps à affronter ce flux, a confié : « J'en suis même à me demander si on ne ferait pas mieux de revenir aux bonnes vieilles cartes postales, celles qu'on envoie avec des timbres… »

Lui

Toi, avec les livres, t'es aussi intoskité !

Moi

Non. Les livres sont d'un commerce plus doux. Ils n'exigent rien. Ils sont à ta disposition. Tu ouvres quand tu veux celui que tu veux. Il y a aussi le plaisir de l'objet. Tu l'interromps à ton gré, tu le reprends, il te répond. Les auteurs ne meurent pas, ils t'attendent pour parler avec toi.

Lui

Chez toi on peut pas marcher sans les faire tomber par terre, les livres, parce qu'y en a trop beaucoup…

Moi

Considère ma bibliothèque comme une construction, jeune savant en herbe. Tu passes ta vie à la bâtir au gré de tes envies, tu la nourris avec curiosité, tu l'enrichis pour t'enrichir, elle grossit, elle t'envahit. Une bibliothèque, vois-tu, c'est l'histoire des hommes à portée de main. Rangés sur leurs rayons de bois, souvent en triple épaisseur pour gagner un peu de place, ces livres que tu regroupes par affinité ou par genre ou par époque ou par auteurs, ils débordent, grimpent en piles instables, lesquelles parfois s'effondrent, ils montent à l'assaut des meubles, occupent les recoins, le dessus et le dessous des tables, ils vivent, ils poussent comme une jungle d'appartement…

Lui

Tu les connais pas tous, quand même.

Moi

Mais si, parce que j'ai une mémoire géographique qui me permet de les identifier. Les six volumes de *Grandeur et décadence de Rome*, de Gugliemo Ferrero, je les devine dans la zone « Antiquité », près de la fenêtre du fond, cachés derrière les sept gros volumes reliés de l'*Histoire des origines du christianisme* de Renan en édition originale. Après la grosse lampe dont des livres calent le pied de porcelaine sur le guéridon chinois, c'est le XVIIIe siècle, et sur le mur à gauche tout ce qui concerne Paris. Ensuite les romans populaires que j'aime, Arsène Lupin entre Rouletabille et Fantômas, que surplombe un Hugo en trente volumes rouges, tout Evelyn Waugh… Plus loin Orwell, Marcel Aymé, Jules Renard… Vialatte campe près de la porte, escorté par Nietzsche et Kafka qu'il a traduits… Giono prolonge la « Série noire », juste avant les premières éditions de Hergé, Franquin et Jacobs. Dans le couloir qui mène à la cuisine, voici la Chine et l'Inde…

Lui

Ça m'donne pas du courage si faut tout lire.

Moi

Prends le temps. Explore. Hésite. Essaie. Ouvre et referme, insiste, promène-toi jusqu'au livre qui va t'accrocher et que tu ne pourras plus quitter.

Lui

Ça sert à quoi ?

Moi

À comprendre, à ne pas te laisser berner, à te méfier des ignorants. La semaine dernière, comme je flânais près du Palais-Royal, je m'arrête devant l'ardoise d'une brasserie pour lire le menu. Je vois : *Veau maringo, 13 euros*. Il y avait deux fautes dans l'énoncé du plat. Qu'est-ce donc qu'un *maringo* ? Pourquoi du veau ? Comment le cuisinier peut-il réussir un plat dont il ignore l'origine et la composition ? Je n'irai jamais déjeuner chez lui. *Maringo* c'est en réalité Marengo, petit village du Piémont où Napoléon l'emporta sur les Autrichiens en juin 1800. Après cette victoire, Napoléon a faim. Il fait appeler Dunant, son cuisinier, et lui réclame un fricot mémorable. Avec quoi ? Il n'y a pas de vivres. Dunant envoie aussitôt des soldats dans le village et dans les fermes : qu'ils ramènent ce qu'ils trouvent. Peu après ils rapportent trois œufs, quatre tomates, de l'ail, une bouteille d'huile d'olive, six écrevisses et une jeune poule. Dunant se lamente : « Je n'ai pas de beurre ! pas d'oignons ! » Tant pis. Il découpe le poulet et en rôtit les morceaux à l'huile, pèle les tomates, les ajoute au poulet avec les écrevisses. Il prend quelques gouttes de cognac à la gourde d'un général, frit les œufs et en recouvre le poulet qui mijote. Napoléon est ravi : « Dunant, après chacune de mes victoires tu me feras un poulet de cette sorte. » Au lieu de *veau maringo*, il aurait fallu écrire *poulet Marengo*. La prochaine fois, je te raconterai la cuisine. Savoir parler et savoir manger, savoir écrire et savoir cuisiner vont de pair.

Lui

Chic ! J'aurai pas de grammaire à apprendre.

Moi

Si.

Résumé

- Lire des livres reste la meilleure méthode pour se perfectionner dans l'art de parler et d'écrire.
- Le roman est le plus *interactif* des médias, puisque le lecteur doit accomplir la moitié du chemin : son imagination seule va animer le texte.
- Le roman est par essence *multimédia*. Avec des mots, il fait surgir des images, des sons, des volumes, des couleurs, des odeurs et des mouvements, des émotions.
- Le *village planétaire*, où l'électronique nous fait entrer, est un monde de solitude.

Jouons avec les mots et la langue française dans Le Livre de Poche

Raymond Devos

Rêvons de mots n° 31318

Depuis plusieurs années, Raymond Devos travaillait à un nouveau livre fait d'aphorismes, de pensées, d'anecdotes et d'extraits de sketches inédits. Une sorte de testament comique où l'on retrouve son sens du mot, de l'absurde, des paradoxes, et une certaine vision de la condition humaine aussi juste qu'irrésistible. Un livre indispensable pour tous ses admirateurs.

Sens dessus dessous n° 5102

Dans les 75 sketches publiés dans ce livre alternent monologues, textes à deux ou plusieurs personnages. Chacun est une remarquable réussite d'écriture.

Jean-Louis Fournier

Grammaire française et impertinente n° 14572

Voici une grammaire qui réunit l'ensemble des règles à suivre pour dire et écrire correctement bêtises et grossièretés. Des personnages inhabituels dans un livre de grammaire – un condamné à mort, un gangster, un commandant de bord aveugle… – nous enseignent l'usage des prépositions et des conjonctions, et conjuguent avec aisance le subjonctif imparfait des verbes les plus délurés.

J'vais t'apprendre la politesse, p'tit con ! n° 16521

Ne posez pas vos pieds sur les banquettes des trains, elles ne sont pas toujours propres, vous allez salir vos Nike. Apprenez à respecter les autres, et pourquoi pas les aimer. Ne mettez pas votre baladeur trop fort pour en faire profiter les autres. Ils n'ont qu'à s'en acheter un. Et n'oubliez jamais qu'en tout lieu, en toutes circonstances, le fort doit la priorité au faible…

Les Mots des riches, les mots des pauvres n° 30624

L'été, le jardin de Monsieur Riche sent la rose, celui de Monsieur Pauvre sent la merguez et la sardine. À l'église, les riches sont devant, les pauvres derrière. À la guerre, c'est le contraire. Dans cet ouvrage de sociologie légère, Jean-Louis Fournier rappelle fort à propos qu'il vaut mieux être riche et bien portant que pauvre et malade.

Erik ORSENNA

Les Chevaliers du subjonctif n° 30536

Il y a ceux qui veulent gendarmer le langage et le mettre à leur botte… Et puis il y a ceux qui ne l'entendent pas de cette oreille, comme Jeanne et Thomas, bientôt traqués par la police comme de dangereux opposants… Leur fuite les conduira sur l'île du Subjonctif. Une île de rebelles et d'insoumis. Car le subjonctif est le mode du désir, de l'attente, de l'imaginaire.

La grammaire est une chanson douce n° 14910

Tout le monde dit et répète « Je t'aime ». Il faut faire attention aux mots. Ne pas les répéter à tout bout de champ. Ni les employer à tort et à travers, les uns pour les autres, en racontant des mensonges. Autrement, les mots s'usent. Et parfois, il est trop tard pour les sauver.

La Révolte des accents n° 31060

Les accents se sentaient mal aimés, dédaignés, méprisés. À l'école, les enfants ne les utilisaient presque plus. Chaque fois que je croisais un accent dans la rue, un aigu, un grave, un circonflexe, il me menaçait.

Bernard Pivot

Cent mots à sauver n° 30663

On s'emploie avec raison à sauver toutes sortes d'espèces d'oiseaux, d'insectes, d'arbres, de plantes, de grosses et de petites créatures bien vivantes, mais menacées de disparition. Et si on travaillait à sauver des mots en péril ?

Dictées n° 30500

Voici l'intégrale des « dictées de Pivot », avec celles de Micheline Sommant, accompagnées de leurs corrigés détaillés, de tests, de jeux pour s'entraîner ou pour apprendre, de conseils et d'astuces. Pour tous les amoureux de la langue française qui adorent défier ses difficultés et jouer avec les mots, seuls ou en famille, voici une véritable bible, amusante et instructive, à laquelle ont collaboré les spécialistes du jury des Dicos d'or.

Thierry PRELLIER

Petit dictionnaire des mots rares n° 15338

Thierry Prellier collectionne les mots. Pas n'importe lesquels, ceux qui font qu'au hasard d'une lecture on s'interrompt un instant en se promettant de regarder le dictionnaire. Ces petits trésors de la langue française, il nous les offre en partage dans ce petit « Dico » dont la principale ambition est de mettre les mots à la bouche.

Henriette WALTER

L'Aventure des langues en Occident n° 14000

Du manxois à l'italien, de l'allemand au sarde, du portugais au néerlandais et au schwytzertütsch, une centaine de langues, régionales ou internationales, enseignées ou méconnues, officielles ou non, sont parlées aujourd'hui en Europe. Une aventure commencée il y a sept mille ans, et dont les péripéties sont des migrations, des conquêtes, des flux commerciaux, ou encore des édits décrétant la vie ou la mort d'un idiome…

L'Aventure des mots français venus d'ailleurs n° 14689

Si le français est pour l'essentiel issu de la langue latine, il s'est enrichi à toutes les époques de mots venus des quatre coins du monde, du grec, du celtique, mais aussi de l'italien, de l'arabe, du japonais, du turc… Une passionnante histoire qui nous entraîne sur les champs de foire du Moyen Âge, dans les ports, dans les ateliers ou dans le sillage des explorateurs.

Le Français d'ici, de là, de là-bas n° 14929

Comment la langue française s'est-elle bâtie au cours des siècles ? Comment les parlers régionaux l'ont-ils accueillie, puis enrichie ? Que reste-t-il des particularités linguistiques – accents, expressions, vocabulaire – de ces multiples idiomes ? Et qu'est devenu le français dans son voyage autour du monde ? Grâce à de multiples cartes accompagnées de lexiques, d'anecdotes historiques ou littéraires, de récréations à base de jeux sur les mots, nous découvrons comment la langue française a su de tout temps s'adapter, s'enrichir de parlers nouveaux qui lui ont apporté de nouvelles couleurs.

Honni soit qui mal y pense n° 15444

Entre le français et l'anglais, c'est une véritable histoire d'amour qui a commencé il y a plusieurs siècles… et qui dure. Leurs mots se sont constamment mêlés pour donner parfois naissance à des « faux », et à de nombreux « bons » amis (plus de trois mille). En revivant cette aventure sentimentale au pays des mots, ponctuée d'une foule d'exemples, de jeux insolites et de piquantes anecdotes, on découvre que l'érudition n'est pas forcément ennuyeuse, et que l'on peut apprendre tout en s'amusant.

Du même auteur :

LA SAIGNÉE, Belfond, 1970.
COMME DES RATS, Grasset, 1980 et 2002.
FRIC-FRAC, Grasset, 1984.
LA MORT D'UN MINISTRE, Grasset, 1985.
COMMENT SE TUER SANS EN AVOIR L'AIR, La Table Ronde, 1987.
VIRGINIE Q., parodie de Marguerite Duras, Balland, 1988. (Prix de l'Insolent.)
BERNARD PIVOT REÇOIT..., Balland, 1989; Grasset, 2001.
LE DERNIER VOYAGE DE SAN MARCO, Balland, 1990.
UBU PRÉSIDENT OU L'IMPOSTEUR, Bourin, 1990.
LES MIROBOLANTES AVENTURES DE FREGOLI, Bourin, 1991.
MURUROA MON AMOUR, parodie de Marguerite Duras, Lattès, 1996.
LE GROS SECRET, Calmann-Lévy, 1996.
LES AVENTURES DE MAI, Grasset/Le Monde, 1998.
LA BATAILLE, Grasset, 1997. (Grand Prix du roman de l'Académie française, Prix Goncourt et Literary Award 2000 de la Napoleonic Society of America.)

Il neigeait, Grasset, 2000. (Prix Ciné roman-Carte Noire.)
L'Absent, Grasset, 2003.
L'Idiot du village, Grasset, 2005. (Prix Rabelais.)
Le Chat botté, Grasset, 2006.
Chronique du règne de Nicolas Ier, Grasset, 2008.
Deuxième chronique du règne de Nicolas Ier, Grasset, 2009.

Avec Michel-Antoine Burnier

Les Aventures communautaires de Wao-le-Laid, Belfond, 1973.
Les Complots de la liberté : 1832, Grasset, 1976. (Prix Alexandre-Dumas.)
Parodies, Balland, 1977.
1848, Grasset, 1977. (Prix Lamartine.)
Le Roland Barthes sans peine, Balland, 1978.
La Farce des choses et autres parodies, Balland, 1982.
Le Journalisme sans peine, Plon, 1997.

Avec Jean-Marie Stoerkel

Frontière suisse, Orban, 1986.

Avec Bernard Haller

LE VISAGE PARLE, Balland, 1988.
FREGOLI, un spectacle de Jérôme Savary, *L'Avant-Scène Théâtre* n° 890, 1991.

Avec André Balland

ORAISONS FUNÈBRES DE DIGNITAIRES POLITIQUES QUI ONT FAIT LEUR TEMPS ET FEIGNENT DE L'IGNORER, Lattès, 1996.

Composition réalisée par Asiatype

Achevé d'imprimer en août 2009, en France sur Presse Offset par
Maury-Imprimeur - 45330 Malesherbes
N° d'imprimeur : 148641
Dépôt légal 1re publication : septembre 2009
LIBRAIRIE GÉNÉRALE FRANÇAISE - 31, rue de Fleurus - 75278 Paris Cedex 06

31/2575/4